로크미디어가
유혹하는
재미있는 세상

개혁군주

개혁 군주 4

2022년 3월 17일 초판 1쇄 인쇄
2022년 3월 22일 초판 1쇄 발행

지은이 이윤규
발행인 김정수 강준규

기획 이기헌 왕소현 박경무 강민구
책임편집 최전경
마케팅지원 배진경 임혜솔 송지유 이영선

발행처 (주)로크미디어
출판등록 2003년 3월 24일
주소 서울시 마포구 성암로 330 DMC첨단산업센터 318호
Tel (02)3273-5135 **편집** 070-7863-8592 **Fax** (02)3273-5134
홈페이지 rokmedia.com **E-mail** rokmedia@empas.com

ⓒ 이윤규, 2022

값 8,000원

ISBN 979-11-354-7371-5 (4권)
ISBN 979-11-354-7367-8 04810 (세트)

대혁군주

이윤규 대체역사 소설 ④

| 오회연교 |

차례

작은 몸부림 큰 물결

벽파의 영수인 김종수가 자신을 낮추었다는 건 놀라운 일이기는 하다. 그러나 그가 동의했다고 해서 당장 군권을 통합할 수는 없었다.

그러기에는 넘어야 할 산이 너무 많다.

"대감의 말씀은 지당합니다. 허나 지금 당장 중앙 군영을 통합할 수는 없습니다."

국왕도 거들고 나섰다.

"옳은 말이다. 모든 일은 순서가 있는 법이다."

"예. 그래서 아쉽지만, 그 문제는 나중에 천천히 추진해도 늦지 않사옵니다."

이렇게 되니 김종수가 머쓱해졌다.

분위기가 이상해지지 않게 도승지가 적절한 때 나섰다.

"지금은 그 문제보다 폐지된 진상과 방납이 제대로 시행되는지부터 살펴봐야 합니다. 다행히 경찰청이 급속히 자리를 잡아 가고 있으니 당분간은 그 일에 집중하시옵소서."

도승지의 도움을 받은 김종수가 물러섰다.

"알겠습니다. 군 문제는 당분간 상황을 지켜보도록 하겠습니다."

국왕이 동조했다.

"그렇게 하세요. 그리고 세자가 상무사 일을 전담하는 건 이미 허락된 사항입니다. 그러니 대감께서도 그 문제만큼은 더 이상 거론하지 않았으면 합니다."

"……그렇게 하겠습니다."

그가 고개를 숙이자 세자가 보고서를 국왕께 올렸다. 조금 전의 상황도 있다 보니, 국왕도 이전처럼 세자에게 세세한 질문을 하지 않았다.

그런데 눈길을 사로잡는 안건이 있었다.

"이게 무슨 말이더냐? 대월의 광남에서 매년 백만 석이 넘은 쌀을 수입하겠다니. 대월이 그렇게 큰 나라더냐?"

세자가 오도원의 보고 내용을 설명했다.

"……그래서 본국의 볍씨를 가져다 농사를 짓게 하려고 합니다. 그러면 우리 입맛에 맞는 쌀을 해마다 백만 석 넘게 들여올 수 있사옵니다. 그리고 가격도 현저히 낮은 천은 한 냥에 넉 섬 정도로 예상되옵니다."

김종수가 크게 놀랐다.

"천은 한 냥에 넉 섬이라니요. 우리의 사 분의 일밖에 되지 않는단 말이옵니까?"

"그렇사옵니다."

"놀라운 일이군요. 같은 농사를 짓는데 그렇게 싸게 들여올 수 있다니요."

세자가 현지 사정을 설명했다. 그 말을 듣고 고개를 끄덕이던 김종수가 다른 문제를 지적했다.

"삼모작이 가능한 땅이라면 충분히 그럴 수 있겠사옵니다. 그런데 값이 싼 양곡이 들어와 쌀값이 떨어지면 좋겠지만, 너무 폭락하면 오히려 혼란이 일어날 수가 있사옵니다. 그리고 그렇게 많은 양곡을 어떻게 들여올 수 있단 말이옵니까?"

세자의 안색이 묘해졌다. 김종수가 은근히 상인과 지주의 편을 들고 있었기 때문이다.

'강직한 사람도 당파를 이끌려면 상당한 자금이 필요하겠지. 그런 자금은 당연히 거상(巨商)과 지주들에게서 거둬들이고 있을 거고.'

김종수의 치부가 드러난 상황이었다. 그러나 세자는 모른 척하며 설명했다.

"쌀값 부분은 신경 쓰지 않아도 됩니다. 들여올 쌀은 전부 구휼미와 군량으로 사용될 것입니다. 그러면 시중의 쌀값이 안정됨은 물론 폭락이 일어나지 않게 될 겁니다. 아니, 지금 처럼 춘궁기만 되면 값이 치솟는 문제를 바로잡을 수 있게 되겠지요. 그리고 수송은 상무사가 전담하게 됩니다."

"상무사가 어떻게 말입니까?"

"상무사는 앞으로 분기별로 세 척의 범선을 꾸준히 구입할 겁니다. 그 범선을 우선적으로 양곡 수송에 투입하면 됩니다."

김종수가 크게 놀랐다.

"상무사의 범선이 엄청나다고 들었습니다. 그런 범선이라 면 가격도 만만치 않을 터인데, 분기별로 세 척씩이나 들여 온단 말입니까?"

"그런 상선을 구입하기 위해 대외 교역을 하는 것입니다. 도입하는 상선은 유사시에는 즉각 전선(戰船)으로의 전용도 가능합니다."

김종수의 눈이 커졌다.

"그렇사옵니까?"

"예. 생각해 보십시오. 판옥선보다 세 배나 큰 범선입니 다. 그런 범선 백여 척이 바다를 지킨다면, 어느 나라가 감히 우리 조선의 바다를 넘볼 수 있겠습니까?"

김종수가 감탄했다.

"아아!"

감탄사를 터트리던 그가 반문했다.

"저하께서는 처음부터 그런 사정을 감안하고 일을 추진하셨던 곳이옵니까?"

"물론입니다. 상무사는 부국강병을 위해 설립되었습니다. 부국강병을 위해서는 육군뿐이 아니라 수군도 당연히 양성해야지요. 범선은 일거양득의 차원에서 지속적으로 구입할 것입니다."

김종수는 수군은 생각지도 않았다. 그러다 세자의 말을 들으니 갑자기 헛웃음이 나왔다.

"허허허!"

"왜 그렇게 웃으십니까?"

"저하의 말씀을 들으니 갑자기 노신이 초라하다는 생각이 들어서이옵니다."

세자는 그의 내심을 어렵지 않게 짐작했다. 그러나 겉으로는 고개를 갸웃했다.

"그게 무슨 말씀이신지요?"

김종수가 씁쓸한 표정을 지었다.

"저하께서는 보령이 유충하신 데도 불구하고 부국강병을 위해 노력하고 계십니다. 헌데 노신은 도움을 주지는 못할망정, 쌀값 같은 작은 이권에 연연하고 있으니 얼마나 부끄러운 일이옵니까?"

국왕이 위로했다.

"너무 언짢아하지 마세요. 과인도 처음에는 대감처럼 부정적인 생각이 많았습니다. 그러다 세자의 장대한 계획을 듣고는 얼마나 자책했는지 모른답니다."

"허허! 전하께서도 그러셨군요."

"예. 과인이 세자를 전폭적으로 지지하게 된 건 이러한 계획을 듣고 나서입니다. 그러니 대감도 세자의 일을 앞으로 많이 도와주세요."

"……노력해 보겠사옵니다."

김종수의 대답이 한 박자 늦었다. 대외 교역에 부정적이던 그가 비록 늦게 대답했지만, 그것만 해도 장족의 발전이었다.

이후 몇 마디 더 말을 나누던 그가 편전을 나갔다. 그가 나오자 기다리고 있던 몇 사람이 급히 다가왔다.

"대감, 어떻게 일이 잘되었사옵니까?"

주변에서 여러 말이 나왔다.

그런 그들의 눈은 하나같이 탐욕에 가득했다. 이런저런 질문이 쏟아졌으나 김종수는 묵묵히 걸음을 옮기기만 했다.

그런 모습이 이상했는지, 따르던 사람들이 하나둘 떨어져 나갔다. 하지만 그는 그러거나 말거나 누구와도 말을 섞지 않고 대궐을 나갔다.

꽃

이날 저녁.
김종수의 사랑방에 사람들이 모였다.

여느 때였다면 국정을 주도한다는 자부심으로 많은 말이 오갔을 것이다. 그러나 대궐에서부터 입이 무거워진 김종수로 인해 방 안은 침묵이 감돌았다.

그런 침묵을 심환지가 깼다.

"대감, 편전에서 무슨 일이 있었던 겁니까?"

심환지는 장차 김종수의 뒤를 이어 벽파의 영수가 될 사람이다. 그래서 김종수도 그의 말은 무시할 수가 없었다.

김종수가 고개를 저었다.

"무슨 일은. 아무 일도 없었소이다."

"그런데 왜 이렇게 입을 닫아 버리신 겁니까?"

김종수가 어렵게 입을 열었다.

"……전하를 뵈었을 때 세자 저하도 함께 있었소이다."

"그렇다는 말은 들었습니다."

김종수가 씁쓸한 표정을 지었다. 그러면서 천천히 편전에서의 일을 설명했다.

"처음에는 잘되었다고 생각했지요. 그래서 적당히 압박해 저하의 굴복을 받아내려고 했고요. 그러나 그런 생각은 미몽에 불과해……. 그렇게 되었던 겁니다."

설명이 끝나자 곳곳에서 한숨이 터졌다. 심환지도 한숨을 내쉬며 안타까워했다.

"하아! 일곱 살의 세자가 그런 식으로 대감을 상대하였다니요. 꿈에도 생각지 못한 일입니다."

"그렇소이다. 더 놀라웠던 것은 대화를 풀어 가는 방식이 너무도 노련했다는 점이요."

"겨우 일곱이옵니다. 그런 세자께서 노련하다니요."

김종수가 고개를 저었다.

"나도 믿을 수가 없소이다. 분명 어린 세자인데 대화를 하다 보면 노회한 정객과 마주하고 있는 느낌이었소이다. 더구나 세자는 나와 토론하면서 조금도 위축되지 않았소이다."

말로는 누구와도 지지 않는다는 김종수다. 그런 그에게 조금도 밀리지 않았다는 말에 방 안이 순간 웅성거렸다.

김종수가 말을 이었다.

"그런데 대화를 하면 할수록 세자께서 하신 말씀이 가슴에 박혔소이다. 그래서 종내는 나도 모르게 저하의 논리에 동조하고 말았지요."

심환지는 믿으려 하지 않았다.

"어떻게 그런 일이 있을 수 있단 말입니까? 다른 분도 아닌 대감이십니다. 대감께서 보령 유충한 세자의 논리에 말려들었다니요."

"말려들지는 않았소. 다만 동조하게 되었다는 표현이 정확하오. 저하께서는 처음부터 끝까지 단 하나의 명분만을 갖고 대화했어요. 바로 부국강병이란 명분 말이오."

"……아무리 그렇다고 해도 대감께서 밀리시면 어찌하옵니까? 우리 벽파의 기득권은 무슨 일이 있더라도 지켜 내야 하옵니다."

김종수가 고개를 저었다.

"솔직히 자신이 없소이다."

"대감!"

"세자가 나에게 이런 말을 하더군요."

"뭐라고 했습니까?"

"처음 대외 교역을 시작할 때는 찬성해 놓고, 왜 이제 와서 문제 삼느냐고요. 그러면서 부국강병을 위한 교역이 그때는 맞고 지금은 틀린 거냐고 추궁하더군요."

심환지도 당장 답변할 말이 궁색해졌다. 그도 세자가 대외 교역을 전담하는 데 찬성했기 때문이다.

"……."

김종수가 한숨을 내쉬었다.

"후! 우리가 대외 교역을 너무 쉽게 생각했어요. 아니, 너무 몰랐다고 하는 편이 옳겠지. 처음 세자께서 1년여를 준비할 때 우리가 뭐라고 했습니까? 상무사를 출범하더라도 결코 쉽지 않을 거라고 예상하지 않았던가요?"

심환지의 표정이 어두워졌다.

"그런 말을 한 적이 있었습니다."

"그런데 사정이 어찌 되었소?"

누군가 대답했다.

"세자께서는 화란 상인들이 난파되어 온 것을 교역에 적극 활용하셨습니다."

"바로 그거요. 우리는 양이들이 난파되어 온 사실에만 집중했소. 그래서 서둘러 구난해서 돌려보내려고만 했소이다. 그런데 세자는 그들을 불러올려 대외 교역의 물꼬로 이용했소. 여러분은 이런 사실을 보며 느끼는 점이 없소?"

누군가 대답했다.

"……사건을 보는 시각이 우리와 달랐습니다."

"정확한 지적이오. 우리는 현실에 안주하려고만 했소. 그래서 양이란 변수를 서둘러 지우려고만 했던 것이오. 그런 우리와 달리 세자께서는 변수를 그냥 넘기지 않았던 거요."

김종수의 말이 이어졌다. 그런데 말이 이어질수록 사람들의 표정이 곤혹스러워졌다.

심환지가 다시 나섰다.

"대감께서도 세자의 대외 교역 전담을 탐탁지 않게 생각하셨습니다. 그런데 왜 갑자기 생각이 바뀌신 것이옵니까?"

김종수가 자책했다.

"저하의 말씀을 들으니 부끄러웠소이다. 우리는 당파의 이익을 위해 대외 교역에서 세자에게 손을 떼게 하려고 했소. 학문 수련 등을 명분으로 내세워서요. 그러나 세자는 오로지 부국강병을 위해 헌신하고 있었소이다. 그것도 엄청난 성과를 보이면서 말이오."

그가 고개를 저었다.

"후! 일흔인 내가 일곱 살의 세자에게 부끄러워 고개를 들지 못했소이다."

한동안 방 안에 침묵이 감돌았다. 그런 침묵을 김종수가 스스로 깼다.

"사심을 내려놓읍시다. 나는 이번 일만큼은 우리도 세자를 적극 도왔으면 합니다."

방 안 분위기가 급격히 냉랭해졌다.

벽파는 사도세자의 신원을 배척하면서 구성된 정파다. 청류를 앞세운 준론주의자들인 이들은 탕평도 반대할 정도로 강성이다. 특히 왕권 강화를 극력 반대하는 당파주의자가 주류를 이루고 있다.

이런 벽파의 영수가 세자를 돕자고 제안하고 나선 것이다. 벽파에게 받아들이기 어려운 말이다.

방 안 분위기가 급격히 경색되면서 이전에 없던 격한 반응들이 터져 나왔다. 그로 인해 회합은 오래지 않아 끝났다.

회합이 끝났을 때 대부분은 얼굴이 붉게 달아올라서 돌아갔다. 그렇게 사람들이 돌아간 뒤, 김종수는 거의 뜬눈으로 밤을 지새웠다.

※

이날의 소문은 은밀히 번져 나갔다.

이날 이후.

한양 곳곳에서는 이전에 없던 모임들이 급격히 늘었다. 이런 모임의 참석자들 대부분은 경화사족 출신들이었다.

경화사족(京華士族).

고려는 군벌이 나라를 세웠다. 그리고 고구려를 이은 나라답게 기병 양성을 중시했다.

고려의 지방 호족은 가병을 거느릴 정도로 강성했다. 조선을 건국한 이성계도 함경도 일대를 아우르던 대호족 출신이다.

반면에 조선은 달랐다.

신진사대부들이 역성혁명을 주도했다. 성리학이 주류였으며 철저한 양반, 특히 문인 중심이었다.

이런 조선에서 지방 호족은 척결의 대상이었다.

가장 먼저 가병을 혁파했다. 이어서 호족을 아전으로 격하시키면서 과거조차 보지 못하게 했다.

한양으로 천도까지 했다.

한양은 새로 만들어진 도시다.

초기의 한양은 관리들의 연고가 없다. 그래서 관리들이 틈만 나면 사직하고 향리로 내려가려 했다.

퇴계 이황이 그랬고, 기대승이 그랬으며, 우암 송시열도 수시로 사직하려고 낙향했다.

낙향한 명신 거유들은 각자 후학을 양성했다. 그러다 서원이 세워지며 서원을 찾거나 세웠다. 그로 인해 서원의 위세는 갈수록 높아졌다.

이러던 경향에 변화가 찾아왔다.

시작은 전임 국왕부터였다.

지루하게 이어지던 당파 싸움에서 서인이 승리했다. 그러면서 한양 일대에 세거하던 서인 가문들이 급격히 세를 불려갔다.

현 국왕이 즉위하면서 이들이 조정의 중추 세력이 되었다. 이때부터 경화사족이란 신조어가 생겨나면서 조선이 한양의 중심인 세상이 된 것이다.

그런데 새로운 변화가 일어났다.

변화의 시작은 세자였다. 세자는 몇 가지 개혁을 연이어 성공하면서 조선을 급속히 변화시켰다.

보부상이 팔도에 공장도 설립했다.

이 공장이 폭발적으로 성장하면서 공장 주변을 번화가로 만들었다. 한양 중심인 세상에서 지방이 균형 발전할 기틀이 마련된 것이다.

이어진 대외 교역은 더 놀라웠다.

한 번의 교역만으로 천은 수십만 냥을 세금으로 납부했다. 조정 관리들에게 녹봉보다 많은 품위유지비도 지급되었다.

새로운 조직이 창설되고 진상과 방납도 폐지되었다.

백성들은 이런 변화에 열렬히 환호했다.

조정도 환영 일색이었다. 관직이 대폭 늘어나고, 그에 따른 권한도 대폭 이양되었기 때문이다.

그러나 단 하나.

경화사족들을 달랐다.

이런 변화에서 경화사족이 할 역할이 별로 없었다. 모든 변화는 세자가 주도했으며, 거기에 참여한 면면 또한 경화사족과는 거리가 멀었다.

물론 상무사 직원 일부가 경화사족 출신이기는 하다. 그러나 이들 대부분은 서얼이거나 가문의 본류에서 멀어진 방계였다.

조선에서 상업은 천하다.

그런데 상무사의 수익이 너무도 막대해 조정마저 바뀔 정도였다. 이런 상무사만 장악하게 되면 당파 확산은 땅 짚고 헤엄치기였다.

그래서 벽파가 먼저 움직였다.

그러나 결과는 예상 밖이었다. 주변의 요청으로 김종수가 나섰으나, 거꾸로 감화되어 돌아왔다.

누구와도 논쟁에서 단 한 번도 의지를 꺾지 않았던 김종수다. 그런 사람이 세자의 논리에 고개를 숙였다는 사실은 충격이었다.

한양의 밤이 한동안 술렁였다.

이런 움직임은 익위사에 의해 빠짐없이 세자에게 보고되

었다. 그러나 세자는 이런 작은 몸부림에 일희일비하지 않았다.

세자의 일상은 늘 같았다.

조강을 마치면 항상 상무사에서 업무를 봤다. 그렇게 며칠의 시간이 지났을 때였다.

드디어 조선에 큰 물결이 몰아쳤다.

김 내관이 세자를 급히 찾았다.

"저하! 강화에서 급보가 당도했사옵니다."

"무슨 일인지 들어와서 고하도록 해."

김 내관이 들어와 몸을 숙였다.

"저하! 강화나루에 화란 상선 세 척이 들어왔다고 하옵니다."

세자가 반색을 했다.

"내가 주문한 물건을 가져왔나 보구나."

"그렇사옵니다. 자세한 사항은 화란 상인이 직접 들어와 보고하겠다고 했사옵니다."

세자가 이원수를 바라봤다.

"좌익위가 마포로 가서 그들을 데려오세요."

"그렇게 하겠사옵니다."

이원수가 급히 일어나 나갔다.

그리고 한나절 뒤, 그가 네덜란드 상인을 데리고 돌아왔다.

세자가 낯익은 상인을 반갑게 맞았다.

"어서 오세요. 그동안 잘 지내셨습니까?"

시몬스가 조선식으로 몸을 숙였다.

"세자 저하의 염려 덕분에 잘 지내었습니다."

"강화나루에 귀사의 상선 세 척이 들어왔다고요?"

"그러하옵니다. 저하께서 주문하신 물건을 싣고, 천 톤급 범선 세 척이 입항했사옵니다."

"천 톤짜리가 들어왔군요. 주문한 물건이 전부 들어온 겁니까?"

"물론입니다. 물건뿐 아니라, 기술을 전수해 줄 우리 회사 직원들도 함께 왔사옵니다."

세자의 목소리가 높아졌다.

"귀사의 기술자들까지 왔다고요?"

"예, 저하. 총독께서 귀국과의 거래에 대한 보고서를 상세히 작성해서 주셨습니다. 아울러 미래에 대한 계획과 전망도요. 다행히 그 보고서를 읽은 본사 임원들이 전폭적으로 지지했습니다. 그러면서 주문한 물건은 물론이고 기술자들도 대거 보내 주었고요. 본사는 귀국 발전에 필요한 사항을 앞으로도 적극 돕겠다고 결정했습니다."

세자가 진심으로 고마워했다.

"참으로 고마운 일이네요. 귀사의 배려는 본국의 공업 발전에 큰 도움이 될 거예요."

시몬스가 서류를 건넸다.

"주문하셨던 물품 목록과 기술자 인명입니다."

개혁군주

세자가 서류를 펼쳤다. 서류에는 물건 목록과 함께 오십여 명의 기술자 이름이 나열되어 있었다.

네덜란드 동인도회사가 주문 물량 확보에 최선을 다해서 보내 준 건 맞다. 그러나 모든 부분이 만족스럽지는 않았다.

세자가 그 점을 지적했다.

"제철소는 소규모로군요."

시몬스가 감탄했다.

"역시 대단하십니다. 서류를 보기만 했는데도 단번에 문제를 지적해 내셨네요. 맞습니다. 이번에 가져온 제철 설비는 소형입니다."

"내가 원하는 규모의 설비를 구입하지 못했나 보군요."

시몬스가 고개를 저었다.

"그렇지 않습니다."

"그러면 다른 문제가 있었던 겁니까?"

"그것도 아닙니다. 최신 설비는 아니지만, 대규모 제철 설비를 구입할 수는 있었습니다. 그런데 귀국의 기술 수준이 열악해, 대형 설비를 바로 운용하면 문제가 발생할 가능성이 크다고 합니다. 그래서 소형 설비를 운용하며 기술을 먼저 축적해야 한다는 게 제철 기술자들의 판단입니다."

"기술자들을 먼저 양성해야 한다는 말이군요."

"본래는 귀국의 기술자를 유럽에 불러 연수를 시켜야 하는 게 맞습니다. 그러나 그렇게 하려면 귀국이 개항을 해야 하는 문제가 있습니다. 더구나 유럽은 아직 인종차별이 심해 안전을 장담하기도 어렵고요. 그래서 대안으로 소형 설비를 구입해 온 것입니다."

세자가 크게 고개를 끄덕였다.

"우리를 위해 신경을 써 주어서 고맙습니다."

"아닙니다. 파트너에게 이 정도의 배려는 당연한 일입니다. 그리고 들여온 설비가 소형이라고 해도, 당장 필요한 철강 물량은 충분히 생산해 낼 정도는 됩니다."

"알겠습니다."

세자는 박종보를 불렀다.

"외숙께서 가져온 물건을 직접 확인하고 하역작업을 지휘해 주세요."

"물건을 전부 강화나루로 하역해야 하옵니까?"

"아닙니다."

세자가 물품 목록과 준비된 서류를 넘겼다.

"증기기관은 팔도의 보부상 공장을 비롯한 여러 곳으로 보내야 해요. 그리고 인쇄기는 한양, 공작 기계는 마포 일대로 들여와야 하고요. 그런 분류는 이 서류를 보고 하시면 되는데, 우선은 배분 확인부터 하세요."

박종보가 서류를 넘겼다.

"주상 전하의 윤허를 받으시려는 거로군요?"

"그래요. 네덜란드 기술자를 전국에 배치해야 하는 문제

개혁군주

를 아바마마의 윤허를 받으려고 해요."

"알겠습니다. 그러면 저는 먼저 이 목록부터 필사하겠습니다."

그렇게 나간 박종보는 오래지 않아 들어왔다. 서류를 다시 받아 든 세자가 시몬스를 바라봤다.

"부왕을 뵙고 와야 하니, 잠시 기다려 주세요."

"그렇게 하겠습니다."

세자가 자리에서 일어났다.

이러는 사이 김 내관은 국왕이 어디에 머물고 있는지 미리 확인했다. 그래서 세자를 바로 안내할 수 있었다.

국왕은 마침 동궁과 가까운 관물헌(觀物軒)에 머무르고 있었다.

그런데 세자가 전각으로 들어서려다 멈칫했다. 낯익은 인물이 몸을 숙였기 때문이다.

"어서 오십시오, 저하."

"김조순 직각이 여기는 웬일이세요?"

"이번에 승정원 좌부승지가 되었사옵니다."

세자는 찜찜한 느낌이 들었다. 그러나 겉으로는 조금도 표를 내지 않고 축하해 주었다.

"잘되었네요. 앞으로 아바마마를 잘 보필해 주세요."

"성심을 다해 받들 것이옵니다."

"고마운 말씀이네요."

"들어가시지요. 전하께서 기다리고 계십니다."

세자가 어리둥절했다.

"나를 기다리신다고요?"

"예. 화란 상인이 상무사를 찾았다는 보고를 받으시고는 내내 기다리고 계셨사옵니다."

"아!"

세자가 얼른 안으로 들어갔다.

국왕이 그런 세자를 환하게 웃으며 반겼다.

"어서 오너라."

"소자를 기다리셨사옵니까?"

"허허허! 그래. 강화나루에 화란 상선이 들어오고, 대궐로 화란 상인이 들어오지 않았느냐. 그래서 이번에는 우리 세자가 무슨 좋은 소식을 가져올지 기다리고 있었다."

세자는 국왕이 고마웠다.

"소자를 믿어 주셔서 감읍하옵니다."

국왕이 단호한 목소리로 정리했다.

"무슨 말을 하는 게냐. 과인은 대외 교역을 전적으로 네게 맡겼다. 그런 너는 아비의 바람보다 몇 배나 뛰어난 성과를 거두고 있으니 당연히 믿을밖에. 지금도 그렇지만 앞으로도 아비는 너를 언제나 믿을 것이다."

"황감하옵니다."

시립해 있던 김조순의 안색이 달라졌다.

'놀랍구나. 주상 전하께서 세자 저하를 이토록 신임하고 계실 줄은 몰랐구나. 이 정도면 소문보다 훨씬 더한 거 같구나.'

국왕이 궁금해했다.

"화란 상인이 무엇을 가져온 것이냐?"

세자가 서류를 건넸다.

"지난해 상무 협정을 체결하면서 주문한 물건을 이번에 가져왔사옵니다."

"오! 그래?"

국왕이 급한 마음에 내관이 내려놓으려는 서류를 먼저 받아서 펼쳤다. 그러던 국왕이 처음부터 놀랐다.

"이게 무엇이더냐? 인쇄기라니?"

"서양에서 만든 인쇄를 할 수 있는 기계이옵니다."

"인쇄 기계라니, 그러면 책을 인력이 아닌 기계로 찍어 낸단 말이냐?"

"전부 그렇지는 않습니다. 다루는 건 사람이고, 책을 찍어 내는 건 기계가 하는 방식이옵니다."

세자가 간략히 인쇄기를 설명했다.

"놀랍구나. 서양에 그런 기계가 있다니."

"본래 서양의 인쇄 기술은 우리보다 뒤떨어져 있었습니다. 그래서 필경사가 책을 필사해야 했고, 그 바람에 책값이 엄청나게 비싸서 문화 발전에 큰 걸림돌이 되었습니다. 그러다 수백 년 전, 기계로 책을 인쇄하는 기술이 발명되었습니다. 그 이후부터 책을 대량으로 발간할 수 있게 되면서 사회가 급속히 발전하게 되었사옵니다."

국왕도 동조했다.

"옳은 말이다. 사회가 발전하기 위해서는 책의 보급이 무엇보다 중요하지."

김조순이 궁금해했다.

"저하. 그러면 서양에서는 우리처럼 나라가 책을 발간하지 않사옵니까?"

"나라에서 발간하기도 합니다. 그러나 대부분의 책은 인쇄 기계를 갖춘 인쇄소에서 대량으로 책을 발간해 시중에 유통합니다. 그래서 우리와 달리 인쇄소와 책을 판매하는 서점이 도처에 널려 있다고 합니다."

"아아! 놀라운 일이군요. 귀한 책을 누구나 쉽게 살 수 있다니요."

"서양이 지금처럼 과학이 발달하게 된 까닭이 바로 거기에 있어요. 서양은 의지만 있으면 누구나 책을 사서 공부할 수 있거든요."

"서양에도 우리처럼 과거가 있습니까?"

세자가 고개를 저었다.

"서양과 우리의 다른 점이 바로 그것입니다. 서양은 과거를 보지 않고도 입신양명할 길이 많습니다. 그래서 우리 조선처럼 모든 사대부가 과거에 목을 매지 않아도 됩니다."

김조순이 고개를 갸웃했다.

"과거를 보지 않아도 관리가 될 수 있다는 말입니까? 그러면 관리 인선에 부조리가 만연해지지 않겠습니까?"

"관리가 되기 위해서는 우리처럼 시험이 있기는 하지요. 제가 하는 말은 모든 사람이 과거를 보려 하지 않는다는 겁니다. 다시 말씀드려 관리가 되지 않아도 입신양명할 길이 많다는 거예요."

"그게 가능하옵니까?"

세자의 대답이 거침이 없었다.

"사회가 발전하면 충분히 가능합니다."

김조순은 이해가 되지 않았다.

"대국인 청나라도 입신양명을 위해 모든 사대부가 과거에 매진하옵니다. 그런데 어떻게 그런 일이 가능하단 말이옵니까?"

그를 이해시키려면 설명이 길어질 것 같았다. 그래서 세자가 국왕을 바라봤다.

세자의 시선을 받은 국왕이 바로 고개를 끄덕였다.

"과인도 궁금하구나. 우리 사대부들은 죽을 때까지 급제에 대한 미련을 버리지 못한다. 그 바람에 수많은 인재가 덧없이 스러지고 있는 게 현실이다. 이 문제만 해결할 수 있어도 우리 조선의 미래는 지금보다 훨씬 더 밝아질 게다."

세자가 잠시 생각을 정리했다.

"서양도 관리를 선호하는 건 맞습니다. 그렇다고 우리처럼 모든 사람이 관리를 선호하지 않습니다. 그렇게 하지 않아도 될 정도로 사회가 다변화되었다는 말이지요. 우리는 책을 발간하는 일조차 개인이 해내기가 어렵습니다. 그만큼 기술에 대한 기반이 없다는 의미이고요."

김조순이 반박했다.

"조정에서는 몇 년에 한 번씩 활자를 주조해 책을 발간하고 있습니다. 그렇게 발간된 서책은 조정과 지방에 고루 배포하고 있고요."

"나라에서 필요로 하는 책자는 그렇게 발간하는 게 맞겠지요. 그러나 개인이 필요한 서책은 조정이 아닌 개인이 해야 하는 게 맞습니다."

"개인 문집 같은 경우 문중에서 발간하고 있지 않습니까?"

"맞습니다. 그런데 제대로 된 인쇄소가 있다면 어떻게 되겠습니까? 문중에서 많은 비용을 들여서 목판을 만들어 문집을 발간하겠습니까? 자료를 인쇄소에 의뢰하면 간단히 끝나는 일을요."

김조순은 순간 답변이 궁색해졌다.

"그, 그렇겠네요."

"좌부승지께서 왜 이런 지적을 하는지 모르지 않습니다. 우리 조선은 유학의 영향으로 돈에 대한 개념이 좋지 않습니다. 아니, 천시하는 경향까지 있지요. 그래서 서책을 구입하거나 문집 발간에 돈을 들이는 걸 꺼립니다."

"옳습니다. 유학의 가르침에도 사대부는 물욕에 초연해야 한다고 했사옵니다. 하물며 선인들의 사상이 집대성된 문집을 어떻게 돈을 주고 발간한단 말입니까?"

세자가 고개를 저었다.

"그래서 말이 안 된다는 거예요."

"왜 그게 말이 안 되는 겁니까?"

"문집을 발간하려면 우선 목판을 만들어야 합니다. 그것도 한두 개가 아닌 수백, 수천 개나요. 그런 목판을 만들기 위해서는 장인을 고용해야 하지 않나요?"

"그렇기는 하옵니다."

"그런 장인에게는 품삯을 주잖아요. 그것도 일반 품삯보다 더 많이요. 그러면 인쇄소에 맡기는 거나 무슨 차이가 있지요?"

김조순의 얼굴이 벌게졌다.

"그, 그건……."

"좌부승지의 논리대로 한다면 후손들이 직접 목판을 새겨야 합니다. 그래야 선인들의 얼을 제대로 계승할 수 있겠지요. 당연히 목판에 소용되는 나무도 직접 켜야 하고요."

"……."

세자의 지적에 김조순의 입이 붙어 버렸다.

대답을 못 하는 그를 잠깐 기다리던 세자가 말을 이었다.

"서양은 달랐습니다. 그들은 자신들이 가진 지식을 널리 전파하고 싶어 했어요. 우리처럼 지식을 보관하려 하지 않고요. 이런 차이로 인해 서양에서는 오래전부터 필경사라는 직업이 존재해 왔지요. 그러다 인쇄술이 발전하면서 개인이 인쇄소를 차리게 되었고요. 그런 인쇄소를 통해 고전이나 유명한 학자의 책을 상업적으로 발간하면서 폭발적으로 지식인이 늘어나게 되었지요. 좌부승지."

"예, 저하."

"경의 가문에는 뛰어난 선인들이 많지요?"

김조순이 가슴을 폈다.

"그러하옵니다. 소인이 용렬해서 그렇지, 윗대 어른들은 위대하고 뛰어난 분들이 많습니다."

세자도 동조했다.

"맞습니다. 청음(淸陰) 대감 이후 유명한 분들이 한두 분이 아니었지요."

청음은 병자호란 당시 척화 대신으로 유명했던 김상헌(金尙憲)을 말한다. 안동 김씨는 이 김상헌 이후 가문이 크게 부흥했다.

김상헌의 호가 나오자 김조순의 어깨가 더 펴졌다.

세자는 그런 그를 보며 말을 이었다.

"그런 선인들의 유고집이나 문집이 대량으로 간행되어 전국에 보급된다고 생각해 보세요. 그러면 그분들을 존경하는 사람들이 지금보다 훨씬 늘어나지 않겠어요? 더불어 좌부승지 가문의 이름도 더 높아질 것이고요. 그런데도 인쇄소 도입이 문제가 있다고 생각하시나요?"

김조순이 고개를 숙였다.

"소인의 생각이 짧았습니다. 그런데 인쇄소와 사대부의 입신양명이 무슨 관계가 있다는 말씀이신지요?"

"사회가 발전하기 위해서는 많은 책이 발간되어야 합니다. 기술 개발에 필요한 책자도 대량으로 발간되어야 하고요. 그리고 그런 책을 이용한 학교도 설립되어야 하고요."

"우리 조선에는 향교가 있지 않사옵니까? 그런데 또 학교를 만든다고요?"

"향교는 유학만을 가르칩니다. 그리고 그런 향교에는 양반들만이 입학할 수 있고요."

김조순의 눈이 커졌다.

"학교를 만들어 일반 백성들과 노비들을 가르치자는 말씀이옵니까? 그리되면 이전에 없던 문제가 발생할 소지가 많사옵니다."

"왜 안 된다는 말씀이지요?"

"꼭 안 된다는 건 아닙니다. 그러나 백성들이 글을 알게 되면 여론이 호도될 수도 있사옵니다."

세자는 입맛이 썼다.

김조순의 생각이 바로 조선 양반들이 가진 보편적인 생각이었기 때문이다. 조선의 양반들은 결코 백성들이 현명해지기를 바라지 않았다.

세자가 그 점을 슬쩍 꼬집었다.

"이상한 일이네요. 세종대왕께서는 백성을 위해 훈민정음을 창제하셨습니다. 자신들의 생각을 제대로 세상에 알리라고요. 그런데 좌부승지께서는 백성들이 우민(愚民)이 되어야 한다고 생각하시나 봅니다."

김조순의 이마에 진땀이 배었다. 자신의 주장이 세종대왕의 정책을 비판한 꼴이 되었기 때문이다.

그가 황급히 변명했다.

"절대 그렇지 않사옵니다. 신은 만일에 발생할 불상사를 미연에 방지하자는 차원에서 드린 말씀이옵니다."

세자는 물러서지 않았다.

"그러니까요. 백성들을 믿지 못하니, 차라리 어리석은 게 낫다는 말씀 아닌가요?"

은근한 지적도 아니고 대놓고 지적했다.

김조순은 잠시 말을 못 하다 결국 몸을 숙였다.

"……송구합니다."

"나라가 발전하려면 어느 한 집단이 시대를 주도해야 하는 건 맞습니다. 우리 조선에서는 당연히 사대부가 주도를 해야겠지요. 그런데 조선의 사대부는 전부 유학 경전에만 매몰되어 있습니다. 그것도 과거에 급제하기 위해서요. 그로 인해 지도층의 다양성이 사라지면서 나라 발전에 걸림돌이 되고

개혁군주

있습니다."

이 말에 국왕의 용안이 심각해졌다.

세자는 그런 국왕을 보면서 조심스럽게 말을 이었다.

"서양이 지금처럼 발전하게 된 건 공업 발전 때문입니다. 그러나 그 이전에 인쇄술의 발달로 인해 다양한 기술, 교양 서적이 널리 보급되었습니다. 보통 사람들이 그런 서적을 읽으면서 과학자나 기술자, 때로는 사상가로의 길을 걸어가게 되었고요. 그런 시간이 쌓이면서 서양이 지금 같은 기술 대국의 된 것입니다."

국왕이 핵심을 짚었다.

"인쇄 기술의 발전이 서양을 부국으로 만들었다는 말이구나."

"그렇사옵니다. 과거에는 서양도 장인들이 기술을 독점했었사옵니다. 그러다 누군가 자신의 기술을 책으로 만들어 팔면서 큰돈을 벌게 되었습니다. 그걸 본 장인들이 기술만 전수해도 돈이 된다는 사실을 알게 되었고요. 그때부터 장인들의 생각이 바뀌게 되었고, 그걸 나라에서 특허법이란 법적 장치로 보호를 해 주게 되었던 것입니다."

국왕이 크게 고개를 끄덕였다.

"그렇구나. 그래서 네가 만든 물건을 서양 여러 나라에 특허 신청을 한 것이구나."

"그러하옵니다. 서양도 특허 제도가 도입되면서 산업 기술이 급속히 발전하게 되었다고 합니다."

국왕이 심각한 표정으로 고개를 끄덕였다.

설명을 듣던 김조순의 놀라움은 대단했다.

"저하께서는 서양 사정에 어떻게 이렇게 밝으시옵니까? 그와 같은 사정도 다 전생에서 확인하셨던 일이옵니까?"

세자는 전생의 경험을 꿈에서 본 것으로 바꾸어 말했다. 그리고 그걸 책으로 만들어 배포했다.

결과는 놀라웠다.

백성들은 물론이고 사대부들도 책에 열광하면서 삽시간에 팔도로 퍼졌다. 그러던 어느 순간부터 세자가 꿈에서 본 내용이 전생의 경험으로 바뀌었다.

세자도 그런 사정은 들어서 알고 있었다. 그러나 이의를 달지 않았다. 바뀐 인식이 더 유리하다고 판단했기 때문이다. 특히 전생의 경험이 진실이니, 세자가 차후에 대응하기에도 더 편했다.

하지만 지금, 세자는 일부러 모른척했다.

"전생이라니요. 그게 무슨 말씀이지요?"

김조순이 급히 몸을 숙였다.

"송구합니다. 요즘 저하께서 꿈에서 본 내용이 전생이라 와전되고 있사옵니다. 그런데 꿈에서 본 내용이 맞사옵니까?"

"일부는 맞아요. 그러나 많은 부분은 화란 상인과 대화를 나누면서 얻게 된 지식이에요."

"화란 상인이 이런 식으로 일목요연하게 서양 사정을 전해 주었단 말씀이옵니까?"

세자가 고개를 저었다.

"그렇지는 않지요. 화란 상인은 자신이 알고 있는 상황만 전해 주었지요. 그것을 제가 나름대로 재구성하였고요. 그리고 그렇게 재구성한 내용을 다시 화란 상인에게 확인하였고요."

"아! 그렇습니까?"

김조순은 진심으로 감탄했다.

'대단하구나. 나이 어린 세자가 세상을 보는 눈이 이렇게 넓다니. 내 나이 삼십이 넘었으나 이 정도의 경륜을 가진 사람을 본 적이 없다. 정말 볼수록 탐나는 분이야.'

김조순의 내심은 그의 얼굴에 숨김없이 그대로 드러났다.

세자는 그런 그의 표정을 보고는 은근히 불안한 생각이 들었다. 그래서 자신도 모르게 국왕을 바라봤다. 국왕은 그런 세자를 보고는 웃으며 고개를 저었다.

세자는 안도했다.

'감사한 일이다. 아바마마께서도 이제는 안동 김씨의 득세를 견제하고 계시는구나. 그러나 조심해야 한다. 외척이 되지 않더라도 저들 가문에 인재가 많다는 건 부인할 수 없는 사실이다. 조금의 빈틈이라도 보이면 경화사족들과 합심해 그 틈을 아귀처럼 물고 늘어질 것이다.'

두 사람의 이런 내심 때문에 전각 안은 잠시 침묵이 감돌았다.

국왕이 웃으며 그런 침묵을 자연스럽게 깼다.

"허허! 두 사람의 대화가 보기 좋구나. 그러나 이제 그만해도 될 것 같으니 여기서 멈추는 게 좋겠다."

"그렇게 하겠사옵니다."

"예, 아바마마."

국왕이 다시 서류를 넘겼다.

국왕의 질문이 오래도록 이어졌다. 그만큼 네덜란드 상인이 가져온 물건은 놀랍고, 처음 보는 물건들이 많았기 때문이다.

세자는 이런 국왕을 위해 성심껏 설명했다.

김조순은 설명을 들으며 수없이 놀랐다. 인쇄기도 놀라운 물건이지만, 증기기관이나 황산 제조법과 같은 새로운 문물은 충격 그 자체였다.

설명을 마친 세자가 돌아갔다.

국왕은 세자가 두고 간 서류를 다시 한번 살펴봤다. 그러던 국왕이 한숨을 내쉬었다.

"후!"

김조순의 몸을 숙였다.

"어인 한숨이시옵니까?"

"과인이 세상을 참으로 좁게 보고 있다는 생각이 드는구나. 세자가 들여온 물건의 효용 가치가 이토록 대단할 줄은 몰랐다."

"너무 상심 마시옵소서. 조선에서 이번에 들여온 서양 물건의 용도를 알고 있는 사람은 거의 없사옵니다."

"그렇겠지. 과인도 이 수많은 물건 중에 알고 있는 게 거의 없을 정도니 말해 무엇하겠어. 그만큼 우리가 세상과 단절하고 너무 한쪽만 바라보고 살아왔다는 의미겠지. 우물 안의 개구리로 말이야."

김조순이 말없이 고개를 끄덕이며 동조했다.

그가 직접 세자와 대화를 해 본 건 이번이 두 번째다.

처음 규장각에서 봤을 때도 놀랐다. 허나 그때는 그저 소문과 많이 다르다고만 생각했었다.

그런데 아니었다.

시간이 지날수록 세자는 놀라운 역량을 발휘하며 개혁을 이끌고 있었다. 그것도 누구도 예상 못 한 대외 교역을 주도하면서 그랬다.

그는 자신의 큰딸을 떠올렸다.

'우리 아이의 배필로 차고 넘친다. 만일 내가 국구가 될 수만 있다면 우리 가문은 분명 조선 제일의 가문이 될 것이다. 그런데 전하께서는 왜 거기에 대해 일체 말을 하지 않으시는 건가?'

김조순의 이런 바람은 이유가 있었다.

그가 연행을 다녀온 몇 년 전, 국왕의 요구로 독대를 했었다. 그 자리에서 많은 대화를 했으며, 국왕은 자신의 딸에 은근히 관심을 가졌었다.

처음에는 탐탁지 않았다. 자신이 보기에 세자는 사위로서
는 너무도 유약했다.

그러나 가문을 위해서는 오히려 그게 더 나을 수 있다고
생각했다. 그래서 국왕의 혼사를 권하면 못이기는 척 받아들
일 생각이었다.

그러나 그뿐이었다. 국왕은 그 후 조금도 거기에 대해 거
론조차 하지 않았다.

국왕도 생각이 있었다.

국왕은 유약한 세자를 강력한 외척이 뒷받침해 주기를 바
랐다. 그래서 안동 김씨를 염두에 두고 있었으나, 이제는 그
럴 필요가 없어졌다.

더구나 세자는 경기를 할 정도로 안동 김씨에 대해 거부감
을 갖고 있었다. 그렇다 보니 자연스럽게 김조순의 딸은 머
릿속에서 지워졌다.

이 모두가 세자가 불러온 변화였다.

세자가 달라지면서 지금까지 많은 부분이 바뀌었다. 그런
변화의 물결 중 이번 교역이 가장 컸다.

개혁군주

여의도

네덜란드 상인이 가져온 물건으로 세자는 한바탕 홍역을 치러야 했다. 하나같이 새로운 물건들이고, 기물들이어서 조정의 관심은 대단했다.

특히 수많은 서적은 조정 중신들의 큰 주목을 받았다. 네덜란드어를 모르는 세자로 인해 주문한 서적은 대부분 영어로 되어 있었다.

서적은 거의 기술 서적이었다. 여기에 종교와 관련되지 않은 인문학 서적도 상당했다.

다른 물건들은 현장으로 보내졌으나, 서적만큼은 전부 대궐로 들여왔다. 조정 중신들에게 서적의 내용을 소개하고 번역하기 위해서였다.

세자는 상무사가 출범하면서부터 영어 교육을 시행했다. 역관 출신 중 선발된 이들은 그동안의 교육으로 나름대로 상당한 실력을 갖추었다.

그러나 아직 기술서와 같은 전문 서적을 번역하기에는 무리가 있었다. 그럼에도 영어를 알고 있는 네덜란드 상인의 도움을 받아 번역을 시작했다.

서양 언어 중에는 조선의 관점에서 해석되지 않는 단어가 의외로 많다. 이런 문제는 세자의 도움으로 인해 어렵지 않게 정리되었다.

번역 작업에 대단한 관심이 쏠렸다. 특히 국왕은 해석한 분량을 매일 받아 볼 정도로 폭발적인 관심을 보였다.

현장도 어렵기는 마찬가지였다.

이 부분만큼은 세자가 손을 대기 어려웠다. 그럼에도 기계 설치는 순조롭게 진행되었다. 동인도회사 기술자들이 현장에 배치된 덕분이었다.

이런 일을 처리하느라 세자는 정신없는 시간을 보내야 했다. 이런 와중에도 대외 교역은 꾸준히 진행되고 있었다.

그렇게 두 달여가 흘렀다.

장마가 막 시작된 6월 하순.

세자가 대외 교역 보고서를 살피고 있었다.

"청국과의 교역량이 갈수록 늘어나네요."

박종보가 설명했다.

"처음부터 홍삼 가격을 파격적으로 인하한 결정이 주효했사옵니다. 덕분에 홍삼의 거래량이 폭증하였고, 그동안 미국 인삼에 밀려 거의 찾지 않던 본국의 백삼 주문량이 대폭 늘어나고 있사옵니다."

"우리 백삼이 화기삼보다 두 배나 높은데도 그렇단 말이지요?"

박종보의 설명이 이어졌다.

"그래도 값이 쌉니다. 책문을 통해 강남까지 내려오면 백삼 가격이 서너 배가 높아집니다. 그래서 우리 삼이 아무리 약효가 좋다고 해도 화기삼의 가격 경쟁력을 당해 낼 수 없었고요. 허나 우리가 직접 광주에서 교역한 덕분에 가격 차가 겨우 두 배이옵니다. 그 정도면 경쟁력은 충분하옵니다."

이 자리에는 오도원도 참석해 있었다.

"대표님 말씀에 동감합니다. 우리 조선 인삼이 미국 인삼에 밀린 것은 값이 너무 비싸서였습니다. 물론 소화가 잘 안된다는 불신도 어느 정도 작용했고요. 그러나 약효만큼은 최고인 걸 청국 상인들도 인정하고 있었습니다. 그런데 우리가 직접 내려가면서 경쟁력이 생긴 것이옵니다."

"그래도 부족하지요?"

"물론입니다. 그러나 앞으로는 다릅니다. 저하께서 개발하신 재배법으로 인해 대량 재배가 가능하게 되었습니다. 그렇게 재배된 인삼이 출하되면 가격 경쟁력은 더 높아질 터여서, 불원간 이전의 성세를 되찾을 것이옵니다."

세자가 고개를 저었다.

"꼭 그렇지는 않을 거예요. 아무리 우리가 대량 재배를 한다 해도 미국 인삼보다는 싸지 않아요. 그러니 삼을 원료로 다양한 상품을 개발하는 등, 우리만의 판매 전략을 수립해야 합니다."

"명심하겠사옵니다."

세자가 서류를 덮었다.

"그건 그렇고, 네덜란드 동인도와의 주석 합작 생산 제안은 어떻게 되었지요?"

"저들도 긍정적으로 생각하고 있습니다. 무엇보다 자신들의 식민지에 대규모 주석 산지가 있다는 사실에 놀라더군요."

"위치를 가르쳐 달라고 하지 않던가요?"

오도원이 고개를 저었다.

"왜 아니겠사옵니까? 총독을 비롯한 화란 상인들이 집요하게 위치를 물어 오는 바람에 큰 곤욕을 치렀습니다. 하지만 저하만이 그 위치를 안다는 말에 크게 아쉬워하며 물러섰사옵니다."

"다행이군요. 나는 혹시 저들이 오 부대표에게 위해를 가하는 건 않을지 걱정했었습니다."

박종보가 나섰다.

"우리와 상무 협정까지 체결했는데 그렇게까지 하겠습니까?"

세자가 딱 잘랐다.

"예단은 금물입니다. 주석은 다양한 용도로 사용이 가능한 금속입니다. 더구나 가격도 상당하고요. 그런 주석이 대량으로 매장되어 있다는 지역이 알려진다면 당연히 독점하려 할 것입니다."

"으음!"

오도원이 말을 이었다.

"저들도 합작에는 관심이 많았습니다. 다만 지분이 절반이라는 것이 걸림돌이 되고 있습니다."

남방 교역을 담당하던 오도원은 이번 항해에 처음으로 바타비아를 방문했다. 그의 방문을, 바타비아 총독은 크게 환영했다.

오도원은 바타비아 총독에게 세자의 친서를 전달했다. 영문으로 된 친서에는 양측의 우호 증진을 기대한다는 내용과 함께 주석을 합작 개발하자는 제안이 들어 있었다.

오도원이 의문을 제기했다.

"그런데 왜 광산이 아니고 산지라는 말을 쓴 것이옵니까?"

세자가 웃으며 설명했다.

"그건 주석이 산에 있지 않고 노천에 널려 있기 때문이에요. 그래서 광산이라 하지 않고 산지를 개발하자고 한 거예요."

"그러면 광부나 채굴 장비가 없어도 된다는 말이옵니까?"

"맞아요. 사람이야 당연히 필요하지만, 장비는 거의 필요

없어요. 거기다 매장량도 막대해서, 양측이 충분한 수익을 거둘 수 있을 정도이고요. 특히 새로운 화폐를 발행하려는 우리에게 엄청난 도움이 될 정도지요."

박종보가 우려했다.

"매장량이 너무 많은 것도 문제가 되지 않겠사옵니까? 자칫 합작 사업을 진행하다 저들이 변심할까 저어되옵니다."

의외로 세자가 동조했다.

"옳은 지적입니다. 그렇게 되지 않게 하려면 철저하고 세심한 계약서를 작성해야겠지요. 그리고 우리 권리를 보호하기 위해서라도 무력을 최대한 빨리 갖춰야 하고요."

"저하께서는 네덜란드 동인도회사가 배신할 것을 염두에 두시나 보옵니다."

세자가 고개를 저었다.

"그렇지는 않아요. 네덜란드 동인도회사는 우리와의 교역에 사활을 걸 정도의 위기여서 배신은 못 해요."

"그런데 왜 무력 확보를 서두르시는 거지요?"

"영국과 프랑스가 변수입니다. 본토를 점령한 프랑스로 인해 네덜란드 동인도회사의 존폐가 문제가 되고 있잖아요. 다행히 동인도회사가 해산되더라도 대부분의 인력이 바타비아에 남는다지만, 상황이 어떻게 변할지 몰라서요."

"그러시면 차라리 주석 산지를 개발하지 않는 것도 방법 아니겠습니까?"

"주석은 공업 발전에 아주 중요한 물질입니다. 그러나 아쉽게도 우리나라는 주석이 거의 나지 않아요. 그래서 다소간의 위험 요소가 있더라도 합작하려는 거예요."

오도원이 나섰다.

"합작 문제를 상의하기 위해 다음 달 바타비아 총독의 대리인이 입국하기로 했습니다."

"시몬스가 서양으로 가는 바람에 다른 사람이 입국하나 보네요."

"그러하옵니다. 이번에 인도할 세 척의 상선과 함께 입국한다고 했습니다."

네덜란드 동인도회사는 물건값의 상당 부분을 대물로 받기를 원했다. 그게 더 많은 수익을 거둘 수 있기 때문이다.

세자는 네덜란드 동인도회사가 이런 주문을 해 올 것을 예상했다. 그래서 항상 상당량의 생산품을 비축해 두고 있었다.

시몬스는 대물로 받은 물건을 싣고 직접 유럽으로 넘어갔다. 세자는 이런 시몬스에게 수많은 기계와 각종 물품을 추가로 주문해 둔 상태였다.

박종보가 다른 보고를 했다.

"저하! 여의도 조폐국이 며칠 있으면 무역 은화를 본격적으로 발행하게 되옵니다. 어떻게, 기념행사를 해야 하옵니까?"

세자는 국왕의 윤허를 받아 여의도 조폐국을 창설했다. 창설된 조폐국에는 서양에서 도입된 소성 기계가 설치되어 있었다.

"어제 보고를 드렸는데, 아바마마께서 함께 참석하자고
하시네요."

"그렇습니까?"

"예. 그러나 주교를 놓지 않고 배를 타고 건너자고 하셨어요."

"백성들을 걱정하신 거로군요."

"그것도 있지만, 번거롭게 하지 말라고 하셨어요."

"그렇기는 합니다. 주교를 만들려면 준비할 게 한두 가지
가 아니기는 하지요."

오도원이 기대감을 나타냈다.

"만일 우리 조선이 무역 은화를 발행하게 되면 상당한 반
향을 불러일으킬 것이옵니다."

"그럴 거예요. 지금의 대외 교역에서 사용되는 무역 은화
는 에스파냐 은화입니다. 흔히들 멕시코 은화라고 부르고요.
앞으로 여의도 조폐국에서는 이 은화들도 전부 녹여서 새롭
게 주조할 계획입니다."

박종보의 눈이 커졌다.

"그렇게 하려면 많은 비용이 들어가는데, 그렇게까지 할
필요가 있겠습니까?"

세자가 바람을 숨기지 않았다.

"비용이 상당히 들어가겠지요. 그러나 나중을 생각하면
충분히 투자할 가치가 있습니다."

"투자할 가치가 있다고요?"

"예, 그래요. 나는 우리 은화를 에스파냐 은화처럼 대외교역의 기준 화폐로 통용시키다가, 언젠가는 기축통화로 만들려고 해요."

상무사의 대표를 맡고 있지만, 박종보의 경제 지식이 아직은 일천했다. 그래서 기축통화에 대한 개념이 크게 부족했다.

그런 그가 고개를 갸웃했다.

"구태여 그렇게까지 할 필요가 있나요?"

"물론 있지요."

세자는 기축통화의 중요성에 대해 설명했다.

설명을 들은 두 사람의 눈이 더없이 커졌다.

오도원이 문제를 지적했다.

"그렇게만 된다면 더 바랄 게 없겠습니다. 그렇지만 갈 길이 너무 먼 거 같습니다. 우리나라의 국력도 지금과는 비교할 수 없을 정도로 커져야 할 것이고요."

"맞아요. 아직은 꿈같은 미래지요. 허나 지금부터 차근차근 준비해 나간다면, 적어도 동양에서는 우리 화폐가 최고가 될 수 있을 겁니다."

"청국이 있는데도 말입니까?"

"당연히 그때는 우리나라의 국력이 청국을 넘어서야겠지요."

오도원의 눈이 다시 커졌다.

"그게 가능하겠습니까? 청국은 우리보다 땅도 인구도 비교할 수 없을 정도로 넓고 많습니다."

세자가 웃었다.

"나도 당장은 바라지도 않아요. 그러나 지금같이 부국강병에 일로매진한다면 결코 불가능한 일이 아닙니다."

세자의 말을 듣고서도 오도원은 쉽게 동의할 수가 없었다. 수십여 년간 역관으로 연경을 드나들었던 그로서는 청국의 국력이 어느 정도인지 누구보다 잘 알고 있었다.

그가 솔직히 속내를 밝혔다.

"저하의 말씀에 동의하기 어렵습니다. 지금처럼 대외 교역에서 막대한 수익을 거둬들인다고 해도, 솔직히 쉽지 않은 일이옵니다."

박종보가 은근히 세자에게 동조했다.

"꼭 그렇게 부정적으로 볼 건 아니라고 봐요. 청나라가 처음 만주에서 거병했을 때 병력이 겨우 십여 만에 불과했습니다. 인구도 이백만 정도였고요. 그런 청나라가 일억의 인구를 가진 명나라를 멸망시켰습니다. 그걸 생각하면 우리라고 못 할 것도 없지요."

세자가 놀랐다.

"외숙께서도 북벌을 지지하시나 봅니다."

"조선의 사대부라면 누구나 그런 생각을 갖고 있습니다. 다만 청나라가 워낙 강국이다 보니 말을 아끼고 조심하는 것뿐이지요."

개혁군주

세자는 그의 생각이 이전보다 많이 바뀌었다는 걸 느꼈다.
그래서 은근슬쩍 말을 돌렸다.

"청국 광주를 드나들면서 보고 듣는 정보가 많으시지요?"

박종보도 숨기지 않고 대답했다.

"예, 매월 다니다 보니, 이런저런 말을 의외로 많이 듣사
옵니다."

"반란에 대한 정보도 많이 들리지요?"

"그러하옵니다. 백련교 반란의 규모가 매달 불어나고 있
다고 하옵니다. 가히 들불처럼 말이지요. 지금의 기세라면
저하의 말씀처럼 결코 쉽게 진압되지 않을 거 같습니다. 거
기다 묘족의 반란이 의외로 강성해서, 강남 일대가 온통 그
문제로 들썩이고 있다고 하옵니다."

오도원이 궁금해했다.

"그런데도 교역이 잘 되는 걸 보면 신기하네요."

박종보가 설명했다.

"반란이 일어나도 힘든 건 일반 백성들입니다. 우리가 교
역하는 물건들 대부분 고가여서 별다른 타격을 받지 않습니
다. 아니 발화기 같은 몇몇 물건은 없어서 못 팝니다."

오도원이 고개를 저었다.

"죽어나는 건 어딜 가나 민초들뿐이네요."

"어쩔 수 없는 일이지요."

세자가 마무리를 했다.

"자! 그 이야기는 그만들 하시고, 당면한 여의도 행사 문제부터 정리하지요."

박종보가 현안을 질문했다.

"저하! 주화 제작에는 기밀을 요하는 공정도 있습니다. 그 공정을 모두 공개하실 것이옵니까?"

세자가 고개를 저었다.

"아닙니다. 앞으로 주화는 여의도 조폐국에서만 발행합니다. 그래서 제작 공정의 최종 부분만 공개할 것입니다."

"마지막 소성 가공 부분 말씀이군요. 그러면 조정 중신들이 반발하지 않겠사옵니까?"

"그래도 어쩔 수 없습니다. 위조를 방지하기 위해서는 중요한 공정의 공개는 지양하는 게 맞아요. 그 대신 앞으로 발행할 은화와 주화의 견본을 공개하도록 준비하세요."

"그렇게 하겠습니다."

❀

며칠 후.

국왕과 세자가 중신들을 대동하고 여의도를 찾았다. 이날의 거둥에는 여느 때보다 적은 중신들만 참석했다.

국왕은 신문물이 들어오면 조정 관리들을 최대한 많이 경험하게 했다. 그로 인해 조정 관리들 대부분은 몇 차례 보부상 공장을 찾았었다.

그로 인해 증기기관의 작동과 그 원리를 직접 확인할 수 있었다. 국왕도 세자와 함께 여러 차례 보부상 공장을 둘러보았다.

그러나 이번 행사에는 주요 대신들만 참석하게 했다. 은화 발행이라는 특수성 때문이었다.

조선에서 은화를 발행한 경우는 없다. 그런데 그냥 은화도 아닌 개혁 개방의 상징인 무역 은화를 발행하려고 한다.

조선에는 극렬 보수주의자들이 많다.

대부분이 기득권층인 이들은 개혁 개방을 하지 않아도 살기 좋았다. 그래서 자신들의 기득권이 흔들리는 개혁 개방을 막고 싶어 했다.

그러나 대놓고 그렇게 할 수가 없었다. 국왕과 세자가 합심해서 일을 추진하고 있었기 때문이다.

그렇다고 개혁 개방을 인정한 건 아니다. 이들은 언제라도 기회만 되면 기득권을 지키기 위해 무슨 짓이라도 저지를 수 있었다.

더구나 조선은 청나라에도 자유롭지 못했다.

이런 점들을 고려해서 무역 은화 발행 축하 행사를 대대적으로 벌이지 않았다. 그래도 십여 명의 대신들이 국왕의 여의도 행차에 동행했다.

대궐에서 마포까지는 훈련도감 병력이 호위했다. 거기서

판옥선으로 강을 건너 여의도 선착장에 도착했다.

대기하고 있던 여단장 백동수가 군례를 올렸다.

"충성! 어서 오십시오, 전하."

국왕이 놀랐다.

"오! 백 여단장 아닌가? 강화에 있을 그대가 여의도는 어인 일이지?"

세자가 설명했다.

"아바마마의 여의도 첫 방문을 백 여단장이 직접 호종하겠다고 했사옵니다."

백동수가 설명했다.

"그러하옵니다. 여의도는 신이 지휘하는 여단의 대대 병력이 주둔하고 있는 지역입니다. 이런 여의도를 처음 방문하시는 전하와 저하를 모시기 위해 신이 올라온 것입니다."

여의도에는 본래 중대 병력이 주둔하고 있었다. 그러다 여의도 조폐국이 신설되고 제방 공사가 시작되면서 대대로 병력이 개편되었다.

"그렇구나. 어떻게, 강화는 별일 없느냐?"

"다행히 아무 일 없사옵니다."

"은언 아우는 어떻게 지내고 있지?"

"은언군 대감께옵서는 전매청 업무에 매진하고 있사옵니다. 그래서 신도 자주 뵙지를 못하옵니다."

강화가 왕실 직할령이 되었을 때 국왕은 은언군에게 자필

개혁군주

편지를 보냈다. 대외 교역 사정을 설명하며 상무사 일을 도와달라고 했다.

편지를 받은 은언군은 대성통곡했다. 자신을 생각하는 국왕의 애틋한 심정을 느꼈기 때문이다.

그도 국왕에게 답장을 썼다.

답장에는 절대 강화를 벗어나지 않을 것이며, 상무사의 일에 매진하겠다고 약속했다. 이때부터 강화도에서만큼은 자유가 보장되었다.

상무사는 강화에 홍삼 제조 공장을 설립했다. 은언군은 홍삼 제조 업무를 자청하면서, 더불어 인삼밭 조성에도 적극 참여하고 있었다.

국왕이 큰 관심을 보였다.

"은언 아우가 일은 잘해 내고 있느냐?"

"신이 알기로 대감께서는 누구보다 홍삼 제조 관리를 잘하신다고 하옵니다. 그래서 요즘은 홍삼 제조만큼은 대감이 직접 진두지휘를 하신다고 들었사옵니다."

국왕이 세자를 바라봤다.

"세자도 이 사실을 알고 있었느냐?"

"보고는 받았지만, 숙부님께서 자청하신 일이어서 모른 척하고 있었사옵니다. 그리고 홍삼 제조는 우리 상무사 최고의 수익원입니다. 그런 부분을 숙부님께서 관장하고 계시는 자체가 도움이 되옵니다."

"그렇구나. 은언 아우가 상무사에 큰 도움을 주고 있었어."

"예, 아바마마."

"그래도 힘든 일이 없지 않을 게다. 그러니 백 여단장이 수시로 은언 아우를 돌봐 주도록 하라."

"명심하겠사옵니다."

백동수가 몸을 돌렸다.

"가시지요. 신이 모시겠사옵니다."

"그러자."

여의도 조폐국은 상무사 금고 권역에 자리하고 있었다. 그래서 조폐국으로 가기 위해서는 반드시 병영을 거쳐야만 했다.

국왕이 병영을 둘러봤다.

"여기도 벽돌로 막사와 건물을 지었구나."

세자가 설명했다.

"대형 건물을 짓기 위해서는 벽돌 구조가 훨씬 좋습니다."

"옳은 말이다. 공장도 그렇지만, 수십여 명이 생활하는 막사도 벽돌 구조가 좋기는 하지. 오! 그런데 막사 창문을 유리로 교체하는구나."

"예. 이번에 들어온 유리로 강화여단 막사와 건물을 교체 중입니다."

국왕이 크게 고개를 끄덕였다.

"잘했다. 대궐의 창문을 유리로 교체하고 나서 실내가 얼마나 환해졌는지 모른다. 병영의 창문이 유리로 교체되면 병사들의 사기 진작에도 큰 도움이 될 게다."

세자가 주문했던 서양 물품의 두 번째 물량이 지난달에 들어왔다.

처음 들어온 물건 중에 유리도 있기는 했다. 그러나 함께 들어온 물건이 너무 많아 많은 양을 들여올 수 없었다. 그렇게 처음 들어온 유리는 가장 먼저 대궐의 전각을 밝게 만들었다.

두 번째에는 유리가 대량으로 들어왔다.

들어온 유리는 조정 중신들에게 일정량이 배정되었다. 덕분에 중신들의 저택 곳곳의 창문 한쪽이 유리로 바뀌었다.

그리고 일부 물량이 군에 배정되었다. 그래서 지금 장용영의 강화여단과 훈련도감의 일부 막사 창문이 교체되고 있었다.

"이번에 온 기술자들 중에 유리 기술자도 있다고 들었는데, 맞느냐?"

"예. 고맙게도 네덜란드 동인도회사에서 특별히 유리 기술자를 보내 주었습니다. 그래서 김포에 유리 공장을 짓고 있사옵니다."

지금까지 한발 물러서 있던 영의정 홍낙성이 유리라는 말에 바로 반응했다.

"오! 저하. 그렇다면 머잖아 우리도 유리를 생산할 수 있게 되는 것이옵니까?"

"그렇습니다. 기술자들이 유리 제작에 필요한 기자재도 함께 가져왔다고 합니다. 그래서 가을부터는 많은 수량은 아니지만, 우리도 유리를 생산해 낼 수 있을 겁니다."

홍낙성이 기대감을 숨기지 않았다.

"그러면 거울도 만들 수 있는 겁니까?"

"물론입니다."

곳곳에서 탄성이 터졌다.

조선 시대는 유리가 없었다. 유리로 만든 거울은 당연히 없었다. 왕실에서도 동경(銅鏡)이나 은경(銀鏡)이 고작이었다.

그러다 시몬스가 처음 유리 거울을 들여오면서, 왕실은 물론 반가의 여인들은 난리가 났었다.

거울은 여인들의 전유물이 아니다.

거울은 깨끗한 마음을 의미해 사대부들도 동경을 애용해 왔다. 그래서 명경지수(明鏡止水)란 고사성어가 생겨나기도 했다.

이런 유리를 조선에서 생산한다는 말에 중신들도 하나같이 반가워했다.

국왕이 고개를 갸웃했다.

"그런데 왜 강화가 아닌 김포에다 유리 공장을 지었느냐?"

"유리 제작에는 모래와 석회석 등이 필요하옵니다. 김포는 한강과 임진강, 예성강에서 채취하는 모래를 쉽게 구할 수 있사옵니다. 그리고 앞으로 상선이 수시로 드나들 예정이어서 한강 유역을 준설을 해야 하옵니다."

"그렇게 준설된 모래로 유리를 만들겠다는 말이구나."

"그렇사옵니다."

개혁군주

국왕이 너털웃음을 터트렸다.

"허허허! 일거양득이로구나. 한강의 운항도 원활하게 만들면서 유리도 생산하니 말이다. 세자 덕분에 이전에는 생각지도 못했던 유리 같은 귀물이 만들어지게 되었어."

홍낙성이 바로 말을 받았다.

"옳은 말씀이옵니다. 이전에는 귀해서 감히 구할 생각도 못 했던 물목이 후추와 설탕이었습니다. 그런 귀물들이 교역 덕분에 장시에서도 팔릴 정도가 되었으니 참으로 놀라운 변화이옵니다."

모든 중신이 하나같이 고개를 끄덕였다. 비록 성향은 달랐으나, 이들도 세자로 인해 많은 부분이 바뀌고 있다는 걸 누구보다 잘 알고 있었다.

그런 변화의 중심이 여의도였다.

세자도 여의도는 처음 방문했다.

그렇다 보니 둘러볼 곳도 많고, 확인해 볼 것도 많았다. 그러나 그런 궁금증과 호기심을 꾹 참고 백동수를 따랐다.

병영 안으로 국왕 일행을 안내하던 백동수가 멈추었다. 그러고는 건물 하나하나를 설명했다.

"저기 보이는 이 층 건물은 주상 전하와 세자 저하께서 방문하시면 묵게 될 별궁이옵니다."

그가 가리킨 별궁은 아직 공사 중에 있었다. 그런 건물은 별궁답게 규모가 꽤 되었다.

국왕이 큰 관심을 보였다.

"건물 규모가 꽤 되는가 보구나."

백동수가 한발 물러섰다.

"건물에 대한 설명은 상무사에 소속된 건설부장이 할 것이옵니다."

그의 말과 함께 대기하고 있던 사내가 나섰다.

"인사 올리옵니다. 상무사 건설부장 유가 진성이라고 하옵니다."

국왕이 놀랐다.

"상무사에 건설부가 만들어졌구나."

세자가 설명했다.

"새로 짓는 건물이 많아 아예 건설부를 신설했사옵니다. 인사 올리는 유진성 부장은 선공감 주부(主簿) 출신이옵니다."

국왕이 놀란 표정을 지었다.

"선공감 주부라면 종육품이다. 그런 관직을 버리고 상무사의 일개 부장으로 전직했단 말이더냐?"

유진성이 몸을 숙였다.

"상무사는 왕실 직할 상단이옵니다. 이런 상무사의 건설부는 부국강병을 위해 수많은 건물과 시설을 짓고 관리하게 될 것이옵니다. 그런 상무사 건설부의 부장은 여생을 전부 바칠 수 있는 자리라 생각해서 자원했사옵니다."

너무도 당당한 포부였다.

국왕은 그런 유진성의 말을 들으며 호탕하게 웃었다.

"허허허! 좋은 생각이다. 어디서 무엇을 하든 나라를 위하는 마음만 변하지 않으면 된다. 유진성 부장이라고 했느냐?"

"그러하옵니다."

"과인이 지켜보겠다. 앞으로 너의 활약에 기대가 많다."

장인에게는 더 없는 찬사였다. 유진성이 급히 몸을 숙였다.

"황감하옵니다. 전하의 기대에 부응할 수 있도록 성심을 다하겠사옵니다."

다짐을 밝히는 그는 너무도 당당했다.

조선에서 장인들의 지위는 낮았다. 대부분 국가사업에 동원되거나 양반들의 생활용품을 만들었다.

관노비 중 장인이 되는 경우가 많았다. 그래서 가진 기술에 비해 낮은 대우를 받았으며, 대부분 기가 죽어 있었다.

그러나 상무사는 달랐다.

상무사는 장인들을 우대했다. 기술을 공유하게 하면서 후계도 적극 육성하게 했다.

기술을 공유한 장인에게는 그만한 대우도 해 주었다. 그로 인해 상무사 소속 장인들은 직업에 대한 자부심이 여느 장인과 달랐다. 그래서 유진성은 당당했다.

그런 그를 본 세자는 절로 미소를 지으며 고개를 끄덕였다. 유진성이 세자를 보고는 정중하게 몸을 숙였다.

"세자 저하를 뵙사옵니다."

"유 부장이 고생이 많아요."

"아니옵니다. 소인을 발탁해 주셔서 너무도 감읍하고 있사옵니다. 저하께서 거두어 주시지 않았다면 소인은 그저 그런 장인으로 스러졌을 것이옵니다."

백동수가 나섰다.

"자! 그만하시고 건물 설명을 시작하시지요."

"그렇게 하겠습니다."

유진성이 건물을 가리켰다.

"저기 보이는 별궁은 본관이 전면 아홉 간이고 측면 다섯 간의 이 층이옵니다. 그리고 그 옆에 부속 건물 두 동은 각각 전면 다섯 간과 측면 세 간이옵니다. 건물은 석재와 벽돌을 조화롭게 활용하였으며, 지붕은 동판으로 덮었사옵니다. 그래서 지붕이 지금은 노란색이지만, 시간이 지나 녹이 슬면 연한 녹색으로 변할 것이옵니다."

그의 설명은 거침이 없었다.

"……이렇게 해서 연말이면 내부 시설까지 완성을 볼 수 있을 것이옵니다."

이어서 병영과 대대 본부, 그리고 그 뒤에 이중의 철망과 철문으로 된 대형 금고까지 설명했다. 그러고는 다른 건물들을 두 손으로 가리켰다.

"저기 보이는 저 건물이 여의도 조폐국 본관과 공장입니다."

조폐국은 여의도의 낮은 산에 의지해 있었다. 금고와 같은 권역이지만 조금 떨어져 있었으며, 별도의 담장이 둘러쳐져 있었다. 국왕이 궁금해했다.

"담장을 별도로 세운 이유가 있느냐?"

"조폐국은 주화도 만들지만, 보관도 해야 하옵니다. 그리고 장인과 일을 도와주는 일반 직원들이 드나드옵니다. 그래서 금고와 병영과는 분리하는 게 맞는 것 같아서 그리했사옵니다."

백동수가 부언했다.

"조폐국은 국가 주요 시설입니다. 이런 시설의 안전을 위해서는 이중삼중의 방어 시설이 당연히 필요한 조치이옵니다. 그래서 망루도 이중으로 설치했으며, 산 정상의 경계초소에도 포대와 소대 병력이 상주하고 있사옵니다."

국왕의 시선이 산으로 향했다.

높지 않은 산의 정상에는 막사와 망루, 포대가 마련되어 있었다. 그런 정상에는 수십여 명의 병력이 일체의 움직임도 없이 도열해 있었다.

그 장면을 본 국왕이 흡족해했다.

"과연 장용영이다. 저토록 군기 엄정한 병력은 세상 어디에도 없을 것이다."

백동수가 몸을 숙였다.

"황감하옵니다."

세자가 권했다.

"아바마마, 안으로 드시지요."

"그래, 그러자."

국왕이 일행을 이끌고 조폐국 본관으로 다가갔다. 그러자 낯익은 사람이 기다리고 있다가 정중히 몸을 숙였다.

"어서 오십시오, 전하."

국왕이 깜짝 놀랐다.

"오! 그대는 초정 아닌가? 기술개발청 부청장인 자네가 여기는 어인 일인가?"

박제가가 웃으며 세자를 바라봤다.

"세자 저하께서 불민한 신에게 중임을 맡겨 주셨사옵니다. 그래서 영광스럽게 조폐국의 초대 국장이 되었사옵니다."

국왕이 크게 기뻐했다.

"아니다. 내가 아는 초정이라면 조폐국을 잘 이끌어 갈 수 있을 거다."

박제가가 두말하지 않고 몸을 숙였다.

"전하의 믿음을 저버리지 않도록 성심을 다하겠사옵니다."

"하하하! 역시 초정이로구나. 당당한 모습이 참으로 보기 좋구나."

"황감하옵니다."

국왕이 흡족한 표정으로 박제가의 뒤에 시립한 사람들을 둘러봤다. 그러던 국왕은 사대부 복장을 한 어린아이를 발견했다.

"저기 뒤에 있는 사람들은 직원이더냐?"

"그러하옵니다. 조폐국의 직원과 장인들이옵니다."

개혁군주

"헌데 나이가 어린 선비는 누구더냐?"

박제가가 뒤를 돌아보고는 급히 몸을 숙였다.

"소인의 제자이옵니다."

"호오! 초정이 제자를 들였더냐?"

"그러하옵니다. 이 아이는 월성위(月城尉)의 증손이오며, 전 예조판서 김이주(金頤柱)의 손자이고, 전 참판 김노영의 양자이옵니다."

월성위 김한신은 영조의 둘째 딸인 화순옹주의 부마였다. 당연히 국왕도 월성위는 물론 그의 집안에 대해서도 잘 알고 있었다.

"아! 전 참판 김노영(金魯永)이 양자를 들였다고 하더니 그 아이로구나."

"그러하옵니다."

박제가가 손짓으로 제자를 불렀다.

"주상 전하께 인사 여쭙도록 해라."

어린 선비가 그 자리에서 큰절을 했다.

"전하께 문후 여쭈옵니다. 소인은 경주 사람으로 김가 정희라고 하옵니다."

"이름이 김정희(金正喜)라 했느냐?"

"예, 전하."

"흐음, 경주 김씨 집안은 대개 강직하다. 그런데도 초정을 스승으로 삼다니, 월성위의 영향 때문에 그런가 보구나."

경주 김씨 집안은 노론 중에서도 강성이다. 그래서 노론이 시파와 벽파로 나뉠 때도 대부분 벽파에 가담했다.

그러나 월성위 김한신은 영조의 부마답게 당파에 초연했다. 그래서인지 그의 후손들도 대부분 성향이 온건했다.

이때, 채제공이 나섰다.

"전하, 신이 이 아이에 대해 조금은 알고 있사옵니다."

국왕이 놀랐다.

"호오! 좌상(左相)과도 인연이 있다고요?"

"예. 이 아이가 일곱 살 때, 대문에 입춘대길(立春大吉)을 써 붙인 걸 봤습니다. 그때 글이 하도 좋아 글쓴이를 알아보니 저 아이였사옵니다."

"일곱 살이 쓴 글씨에 좌상이 놀랐다니 필력이 대단했나 봅니다."

"예. 그래서 작은 인연을 이어 오다, 스승을 구한다는 말을 듣고는 초정을 소개했사옵니다."

"오오! 놀랍소이다. 사람의 인연은 알 수가 없다고 하더니, 그런 일이 있었군요."

세자가 많이 놀랐다.

세자는 정약용을 처음 만났을 때처럼 크게 설렜다. 그러나 공식 석상이어서 바로 나서지는 않았다.

'저 소년이 추사 김정희구나. 여기서 저 사람을 보게 될 줄은 몰랐네.'

국왕이 손짓했다.

"그만 일어나라. 너를 만난 게 인연이지만, 오늘은 과인이 할 일이 따로 있다. 그러니 다음의 인연을 기약하자."

"황감하옵니다."

김정희가 공손히 몸을 일으켰다.

그런 그를 바라보던 국왕이 걸음을 옮겼다.

"가자!"

세자는 몸을 숙이고 있는 김정희를 잠시 바라보다 지나쳤다. 국왕 일행이 지나가자 김정희도 몸을 일으키고서 그 뒤를 따랐다.

본관은 조선의 건물과 형태가 달랐다.

벽돌 건물이었으며, 내부는 복도식에 창문이 많았다. 국왕과 중신들은 이미 용산 병영과 보부상 공장에서 이런 형태를 본 적이 있다.

그럼에도 자주 접하지 못한 건물 구조여서 큰 관심을 갖고 둘러봤다. 그렇게 본관을 둘러본 국왕은 뒤에 있는 공장으로 건너갔다.

쿵! 쿵! 쿵! 쿵!

공장이 가까워지니 증기기관이 구동되는 소리가 들려왔다. 규칙적인 소리는 마치 사람의 심장 소리 같았으며, 사람을 긴장시켰다.

공장은 장용영 병사가 경비를 서고 있었다. 그런 병사들

앞에는 젊은 무관이 대기하고 있었다.

"충! 주상 전하의 방문을 진심으로 환영합니다."

백동수가 설명했다.

"조폐국의 경비를 맡은 경비중대 중대장입니다."

국왕이 웃으며 답례했다.

"허허! 고생이 많다."

"아닙니다. 주어진 업무에 책임을 다하고 있을 뿐입니다."

딱딱 끊어지는 절도 있는 말투에 국왕도 중신들도 절로 고
개를 끄덕였다. 인사를 마친 장용영 중대장이 소리쳤다.

"주상 전하께서 도착하셨다! 공장의 문을 활짝 열어라!"

그의 지시와 함께 병사들이 이중의 바리케이드를 열었다.
그러면서 공장 정문도 활짝 열렸다.

박제가가 안내했다.

"들어가십시오, 전하. 안에는 지금도 작업을 하고 있어서
조금 더우실 것입니다."

"알겠네."

국왕이 세자를 바라봤다.

"더워도 참을 수 있겠지?"

"물론이옵니다."

"허허! 가자."

국왕이 세자의 등을 몇 번 두드리고는 손을 잡았다. 그렇게
안으로 들어가니 후끈한 열기가 가장 먼저 사람을 반겼다.

개혁군주

조선 무역 은화원

공장 안에서는 밖에서와 다른 소리가 들렸다.

쿵! 철컥! 쫘르르!

쿵! 철컥! 쫘르르!

박제가가 설명했다.

"이 공장에서는 주화 제작의 가장 마지막 공정을 처리합니다. 그래서 보시는 대로 증기기관의 동력을 이용한 소성 기계로 주화를 찍어 내는 중입니다."

국왕과 중신들은 처음 공장 안의 후끈한 열기에 놀랐다. 이어서 육중한 소성 기계가 연신 주화를 찍어 내는 장면에 또 놀랐다.

이런 공정에는 놀랍게도 네덜란드 기술자가 없었다. 국왕이 그 부분을 지적했다.

"여기는 화란 기술자가 없나 보구나."

"처음에는 있었사옵니다. 그러다 우리 기술자가 숙련된 것을 확인하고는 기계실만 관장하고 있사옵니다."

"기계실이라면 증기기관이 설치된 곳을 말하느냐?"

"그렇사옵니다."

호조판서 김화진(金華鎭)이 궁금해했다. 이시수의 후임으로 호조판서가 된 그는 주전사업(鑄錢事業)에 특히 관심이 많았다.

"박 국장, 저 소성 기계는 왜 저렇게 큰 것인가?"

"주화의 문양을 찍기 위해서는 일정한 압력을 가해야 하옵니다. 그래야 정교한 문양을 찍어 낼 수 있습니다. 그래서 저렇게 많은 중량의 덩치를 가진 소성 기계가 필요한 것이고요. 서양에서는 저런 기계를 프레스라고 합니다."

"프레스?"

"그렇습니다."

"상부의 쇠뭉치 무게로 주화를 찍어 낸단 말이구나. 그런데 작업을 마친 쇠뭉치가 어떻게 쉽게 위로 올라갈 수 있는 건가?"

"옆면을 보시면 커다란 바퀴가 달린 것을 볼 수 있을 것이옵니다. 그 바퀴는 작업자가 발판을 누르면 회전하면서 상부가 하강합니다. 그러다 발판에서 발을 떼면 유압 작용으로 용수철처럼 다시 올라갑니다."

개혁군주

"저렇게 큰 쇠뭉치를 끌어 올리는 용수철이 있단 말인가?"

"용수철의 복원 원리가 적용된 유압 방식입니다. 저렇게 원상태로 돌아갈 수 있는 구동 방식이 서양의 기술력입니다."

박제가가 벽을 타고 돌아가고 있는 회전축을 가리켰다.

"저기 회전축을 보십시오. 저 기구들은 증기기관에서 얻어진 동력을 소성 기계로 보내는 역할을 하고 있습니다. 그렇게 얻어진 동력으로 소성 기계를 구동하는 것이고요."

이어서 다양한 질문이 쏟아졌다. 박제가는 이런 질문에 너무도 능숙하게 대처했다.

한동안 기다리던 국왕이 손을 들었다.

"그만하고 새로 만들어진 주화를 보고 싶구나."

박제가가 급히 주화를 가져왔다.

그것을 받아 든 국왕과 중신들은 탄성을 터트렸다.

"오! 놀랍구나. 이렇게 정교한 문양을 찍어 낼 수 있다니. 용 문양 하나하나가 살아 있는 것 같구나."

홍낙성이 격하게 공감했다.

"놀랍사옵니다. 청국도 이렇게 정교한 문양의 주화는 만들지 못할 것이옵니다."

박제가가 장담했다.

"영상 대감의 말씀대로입니다. 이 정도의 문양을 찍어 낼 수 있는 나라는 주변에 없사옵니다."

세자는 대단히 만족스러웠다.

주화 문양은 자신이 직접 지시해 도화서 화원이 그렸다. 그 문양을 야장 중에서도 정교한 문양을 새길 수 있는 장인을 특별 선발해 새겼다.

그런 작업을 처음부터 끝까지 관리했기에, 어떻게 나올 거라고는 알고 있었다. 그러나 실제로 찍어 낸 주화를 보니 예상보다 훨씬 더 정교했다.

국왕이 세자에게 확인했다.

"세자가 보기에는 어떠하냐?"

세자가 갖고 있던 에스파냐 은화를 꺼냈다.

"이 은화가 국제 교역에 통용되는 에스파냐 은화이옵니다. 보시는 대로 우리 주화가 훨씬 더 아름답고 정교하옵니다."

국왕이 두 주화를 비교하며 동조했다.

"그렇구나. 한눈에 봐도 우리 주화가 훨씬 더 정교하게 조각되었구나."

"기술력이 있어야 이런 주화를 만듭니다. 우리는 서양이 보기에 아직 약소국에 불과합니다. 개항도 하지 않았고요. 그런 우리가 주화를 유통시키기 위해서는 이처럼 서양도 만들기 어려운 정교한 주화가 필요합니다. 일정한 중량은 당연하고요."

"네 말이 일리가 있다. 실속도 중요하지만 때로는 포장도 중요한 법이지."

국왕은 주화 생산 과정을 지켜봤다.

소성 기계가 한 번에 찍어 내는 주화는 이십여 개다. 기술자들은 자신들 앞으로 지나가는, 정량으로 잘린 은덩이를 각각의 틀에 집어넣었다.

그러고는 발판을 눌러 상부를 구동해 틀을 압착했다. 틀에 일정한 힘을 가한 상부는 기술자가 발판에서 발을 떼자 다시 올라갔다.

쿵! 철컥! 쫘르르!

소성 기계는 다섯 대여서 한 번 작업에 백 개씩의 은화가 쏟아졌다.

주화 작업은 단순했다.

기술자가 미리 정량된 은덩이를 틀에 넣고 발만 누르면 되었다. 처음에는 흥미를 갖고 보던 국왕은 반복되는 작업에 이내 흥미를 잃었다.

박제가의 설명이 시작되었다.

"주화 제작의 마지막 공정은 어떻게 보면 단순 작업에 불과합니다. 그런 작업보다는 최적의 함량을 유지하는 게 가장 관건이옵니다."

"그렇겠지. 화폐는 가치가 가장 중요하지."

박제가가 은화를 하나 들었다.

"우리 은화는 전면에 용 문양이 새겨져 있습니다. 그리고 무역 은화라는 영문과 함께 대조선국 건국 기원이 새겨져 있습니다."

누군가 이의를 제기했다.

"본국은 청국의 연호를 사용하는데, 이 주화에는 왜 건국 기원을 적용한 것이오?"

"이 주화는 대외 교역에 사용합니다. 그런 주화에 청국 연호를 사용하면 어떻게 되겠습니까?"

"청국 연호를 사용하면 서양에서 우리를 청국의 속국으로 생각한단 말이오?"

"그러하옵니다. 본국은 자주국이지, 청국의 속국이 아닙니다. 대외 교역에 사용할 무역 은화에 청국 연호를 사용하게 되면 우리가 청국의 속국임을 자임하는 꼴이 됩니다."

국왕이 바로 정리했다.

"우리 조선은 엄연한 자주국이다. 청국 연호를 사용하는 건 관례상 그렇게 하고 있는 것일 뿐이다."

"옳은 말씀이옵니다. 상무사의 부대표인 오도원이 대월을 다녀온 사실을 아실 것이옵니다. 그 오의 말에 따르면 대월도 자신들의 연호를 사용한다고 했사옵니다. 일본도 마찬가지고요."

대월과 일본이 나오자 국왕이 침음했다.

"으음."

대신들도 눈에 띄게 술렁였다.

청국 연호 사용은 지금까지 너무도 당연한 일이었다. 그런데 그런 당연함이 어느 사이엔가 불합리함으로 다가와 있었다.

개혁군주

대외 교역이 낳은 결과였다.

대신들은 대월과 일본을 조선보다 한참 낮게 생각하고 있었다. 그런 나라에서도 자국의 연호를 사용한다는 말이 충격으로 다가왔다.

주변 분위기가 그 바람에 묘해졌다. 잠시 기다리던 박제가가 적절한 때 다시 말을 이었다.

"그래서 본국 화폐에 건국 기원을 표시한 겁니다. 그리고 뒷면을 봐 주십시오."

국왕과 대신들이 주화를 돌렸다.

"뒷면에는 우리나라를 상징하는 태극 문양을 새겼습니다. 그리고 이 은화의 함량이 천은이라는 의미의 숫자가 새겨져 있습니다."

호조판서 김화진이 나섰다.

"주화를 꼭 천은으로 만들어야 하나?"

"그렇지 않아도 됩니다. 어떤 나라는 구 할의 함량으로 만들어 그걸 주화에 표시하기도 합니다. 허나 그렇게 하는 건 가공 기술이 부족하다는 걸 자인하는 거나 다름없습니다. 그래서 할 수만 있다면 천은으로 주화를 만드는 게 좋습니다."

김화진이 크게 고개를 끄덕였다.

"충분히 일리가 있는 말이네. 그런데 무역 은화는 한 가지만 통용되는가?"

"그렇사옵니다. 만일 무역 은화가 제각각이라면 교역에

큰 문제가 생깁니다. 그리되면 화폐를 일일이 중량을 달아야 하니 얼마나 불편하겠습니까?"

세자가 부언했다.

"지금 당장은 아니지만, 대외 교역이 활발해지면 무역 금화도 발행할 겁니다."

상무사는 왕실 전용 상단이다. 그래서 직접 개발한 광산에 대한 세금을 조정에 납부하지 않아도 된다.

상무사가 발견한 부평 광산에서 은이 생산된다는 걸 모르는 중신은 없다. 그러나 세자는 지금까지 생산량을 모호하게 밝혀왔다.

호조판서는 좋은 기회라 생각하며, 은근히 그 부분을 지적했다.

"그렇군요. 그런데 무역 은화 발행을 위해서는 막대한 양의 은이 필요합니다. 어떻게, 거기에 대한 대책은 강구되어 있사옵니까?"

세자도 그가 무엇을 확인하려는지 대번에 알아챘다. 그 바람에 대답이 주저 없이 나왔다.

"부평 광산의 은이 본격화되면 무역 은화 발행은 문제가 없을 거예요."

세자의 대답이 너무도 유려했다. 원하는 답을 듣지 못한 호조판서가 한 번 더 확인했다.

"정녕 문제가 되는 일이 없겠사옵니까?"

"예. 그 부분은 절대 걱정하지 않아도 돼요. 상무사는 대외 교역에서 막대한 흑자를 보고 있어요. 그렇게 거둬들이는 은화가 많아서, 은이 부족한 경우는 앞으로도 발생하지 않을 거예요."

무역이 흑자여서 문제가 없다고 한다. 그러면서 부평 광산의 생산량을 끝내 말하지 않았다.

김화진은 아쉽지만 물러섰다.

"그렇다면 다행입니다."

세자가 웃으며 그를 다독였다.

"너무 아쉬워 마세요. 부평 광산도 그렇고, 운산과 다른 지역의 광산에서 생산되는 금은은 전부 나라를 위해 쓰이게 될 겁니다."

"하오면 생산량을 말씀해 주셔도 무방하지 않겠사옵니까?"

세자가 고개를 저었다.

"아직은 때가 아닙니다."

국왕도 거들었다.

"세자의 말이 맞소. 공연히 분란의 소지가 있는 일은 하지 않는 게 좋아요. 그러니 호판도 당분간 그 문제만큼은 덮어 주었으면 합니다."

김화진의 나이 일흔이다.

그래서 국왕도 그를 적절히 예우했다. 김화진은 그런 국왕의 배려에 고마워하면서 물러섰다.

"신이 공연한 호기심을 부렸사옵니다. 전하와 저하께 황송하옵니다."

세자가 위로했다.

"아니에요. 나라 살림을 맡은 분이시니 당연히 궁금하셨을 거예요."

"허허허! 아니옵니다. 요즘 호조의 곳간이 너무 풍족해지다 보니 신이 과한 욕심을 부렸사옵니다."

그의 말에 중신들 대부분이 미소를 지었다. 상무사가 대외 교역을 시작하면서 재정 문제만큼은 완전히 고비를 넘긴 상태였다.

국왕이 말을 돌렸다.

"앞으로 새롭게 유통할 은화와 주화도 만들었다고 하던데, 그건 어디에 있느냐?"

박제가가 안내했다.

"그 견본은 본관 회의실에 준비해 두었사옵니다. 신이 그리로 안내하겠사옵니다."

"그렇게 하라."

박제가가 본관으로 국왕을 안내했다.

회의실에는 이미 견본품이 전시되어 있었다.

화폐는 주화로, 모두 문양이 양각되어 있었다. 박제가가 주화 견본을 하나씩 들어 가며 설명했다.

"주화의 가장 큰 단위가 천은 한 냥으로, 일반 화폐 가치로 넉 냥입니다. 이어서 한 냥짜리로, 은과 주석을 함유해 가치를 맞췄습니다."

박제가가 주화 하나를 들었다. 주화는 은과 비슷한 빛이 났으며, 한 냥짜리보다 조금 작았다.

"이 주화는 주석으로 만든 오십 전짜리입니다. 그리고 십 전짜리는 구리와 주석을 함유해 만들었습니다. 이어서 일 전짜리 동전과 일 푼짜리 동전입니다."

은화 1종, 은과 주석 합금 1종, 주석 1종, 주석 구리 합금 1종, 동전 2종 등 모두 여섯 가지다. 모든 동전은 실질 가치와 같은 가격이 책정되어 있었다.

화폐에는 청국 연호 대신 건국 기원이 표시되어 있었다. 그리고 주화마다 각기 다른 그림과 가치의 숫자가 양각되어 있었다.

국왕은 생각보다 많은 종류에 놀랐다.

"화폐 종류를 이렇게 많이 만든단 말이냐?"

세자가 설명했다.

"본래 넉 냥짜리 은화와 한 냥짜리 합금 주화는 지폐로 만드는 게 맞습니다. 그러나 우리나라의 특성상 아직은 지폐가 잘 유통이 되지 않을 것으로 판단했습니다. 그래서 어쩔 수 없이 은화와 합금 주화를 만들게 된 것입니다."

박제가의 설명이 이어졌다.

"지금 당장은 은화를 발행하는 게 맞습니다. 그러나 장차 화폐 유통이 안정되면 지폐를 은화로 대체할 예정입니다."

국왕이 질문했다.

"저화(楮貨)를 다시 발행하자는 말이냐?"

세자가 다시 설명했다.

"아니옵니다. 새로운 지폐는 금은 본위제에 의한 교환 가치를 지니게 됩니다. 이런 화폐는 발행은 조폐국에서 하고 유통은 은행이 할 예정입니다."

국왕은 이미 은행 설립에 대해 세자에게 들어서 알고 있었다. 그래서 은행이란 말이 나왔어도 별로 놀라지 않았다.

"그렇구나. 은행(銀行)을 설립하면 되겠어. 그래야 지폐를 어디서나 교환할 수 있겠지. 그런데 중신들은 은행에 대해 모르고 있으니, 그에 대한 설명을 세자가 해 주어야겠구나."

세자가 은행의 역할과 중요성을 설명했다.

그 설명을 들은 박제가가 즉각 동조했다.

"은행이 그런 역할을 한다면 상업 발전에 큰 도움이 되겠사옵니다."

"바로 그거예요. 은행이 설립되면 자본이 많은 가문도 구태여 돈을 집안에 숨겨 놓지 않아도 되는 장점이 있어요. 그리고 은행이 설립되고 예금이 증대된다면, 그 자본이 기반이 되어 국가 발전에 큰 도움이 될 것이고요. 아울러 예금을 하는 백성들은 이자 소득을 얻게 되고요."

호조판서 김화진이 반응했다.

개혁군주

"은행에 돈을 맡기면 이자를 준단 말씀입니까?"

"그렇습니다. 은행은 청국의 전장(錢莊)과 본국의 객주를 합한 개념이라고 보시면 됩니다. 자금이 많은 사람은 그 돈을 맡겨 이자 소득을 얻게 됩니다. 그리고 사업을 하는 사람들은 은행에서 필요한 자본을 대출받아 사업 자본을 확충하게 되고요. 그 대가로 일정 금액의 이자를 지불해야 하고요."

박제가가 바로 알아들었다.

"은행이 활성화되면 대규모 자본을 확충하는 데 큰 도움이 되겠군요. 그걸 이용한 상업 자본이 크게 부흥할 것이고요."

세자가 크게 치켜세웠다.

"역시 상업에 밝은 조폐국장이시네요. 맞습니다. 우리 조선이 부강한 나라가 되기 위해서는 지금의 상단들이 대규모 자본을 보유한 회사로 거듭나야 합니다. 그런 자본을 바탕으로 새로운 기술을 가진 회사들이 속속 설립되어야 하고요. 그러기 위해서는 당연히 상업 자본이 확충되어야 하고요."

국왕도 여기에 동조했다.

"은행을 통해 자본을 만들려는 생각이구나."

"그렇사옵니다. 우리 조선은 재력가들이 의외로 많습니다. 그런 재력가들 대부분은 자본을 활용할 방안이 없어 그저 집에만 묵혀 두고 있고요. 그런 자본을 은행이 받아들이면 일거양득의 효과를 거두게 됩니다."

국왕이 말을 받았다.

"재력가는 자본을 활용해 이자 소득을 얻게 되어서 좋고, 회사를 만들려는 자들은 그 자본을 활용해서 좋다는 말이구나."

"맞습니다. 돈은 돌아야 합니다. 그래서 앞으로 새롭게 만들어질 화폐의 명칭도 원(圜)으로 청한 것이옵니다."

호조판서 김화진이 나섰다.

"돈이 둥글게 잘 돌아야 한다는 의미로군요."

"그렇습니다. 재력가의 자본만 제대로 돌아도 나라 경제는 더 쉽게 부흥할 겁니다."

"그러려면 은행 설립을 서둘러야겠군요."

세자가 고개를 저었다.

"아쉽게도 아직은 시기상조입니다. 은행이 백성들의 믿음을 주기 위해서는 자기 자본이 많아야 합니다. 그래야 누구라도 믿고 맡기게 됩니다. 만일 그러지 않고 그냥 설립한다면, 누가 은행을 믿고 자신의 돈을 맡기려 하겠습니까?"

"아! 그렇겠군요. 은행이 잘 운영되려면 먼저 백성들의 신뢰를 얻는 게 우선이겠습니다."

"예. 그리고 은행이 들어설 건물도 지어야 하고, 관리할 직원들의 교육도 필요합니다. 그런저런 이유로 내년까지는 준비기간을 가지려고 합니다."

국왕이 크게 기뻐했다.

"허허허! 상무사가 출범하면서 여러 일이 조화롭게 맞물려 돌아가는구나. 모든 일이 지금처럼 순조롭게 진행된다면 부국강병을 이뤄내는 시간이 더한층 당겨지겠다."

은행 설립이란 말이 처음 나왔다.

그래서 조정 대신들은 세자에게 이런저런 질문 공세를 폈
쳤다. 세자는 준비하고 있었던 것처럼 하나도 빠짐없이 성실
히 대답했다.

은행은 돈을 만지는 기관이다.

은행은 돈을 맡거나 빌려주고서 거기에 따른 이자를 주고
받는다. 재물에 초연해야 할 유학자로서는 가장 멀리해야 할
일이다.

그럼에도 대신들은 조금도 주저함이 없이 질문 공세를 폈
쳤다. 그런 대신들 중 누구도 은행의 역할에 대해 부정하는
사람이 없었다.

상무사로 시작된 바람이 불과 6개월이다. 그 6개월 만에
대신들의 생각이 이만큼 바뀌었다.

질문은 한동안 계속되었다.

국왕은 세자와 대신들의 토론을 지켜봤다. 그런 국왕의 용
안에는 끝까지 미소가 지워지지 않았다.

그리고 얼마 후.

"허허! 이제 궁금한 점이 풀렸소?"

국왕의 질문에 홍낙성이 몸을 숙였다.

"황공하옵니다. 신들이 전하 앞에서 추태를 벌였사옵니다."

"아닙니다. 모르면 배워야지요. 더구나 은행 설립은 이전

에 없던 기관을 설립하는 일입니다. 그런 일을 중신들이 살피는 건 당연하지요."

"황감하옵니다."

세자가 나섰다.

"은행 업무는 한 번에 모든 걸 이해할 수는 없어요. 그래서 제가 틈틈이 그에 관한 내용을 정리해 둔 게 있어요. 환궁하는 대로 그 내용을 상무사 인쇄소로 넘겨 책으로 간행해 배포하겠어요."

국왕이 바로 동조했다.

"오! 그거 좋은 생각이다. 그렇지 않아도 인쇄소가 곧 가동한다는 말을 들었는데, 첫 번째 작업으로 은행 관련 책을 만들면 되겠구나."

세자가 고개를 저었다.

"상무사 인쇄소의 출범은 중요한 의미를 지니고 있사옵니다. 그래서 첫 번째로는 세종대왕께서 창제하신 훈민정음 교본을 먼저 발간하려고 합니다. 은행 설립에 관한 책자는 그다음이옵니다."

"오! 맞다. 그게 훨씬 더 의미가 있겠구나."

서양에서 들여온 인쇄 기계는 모두 열 대였다. 이 인쇄기들은 모두 활판(活版) 형식이다.

활판이란 활자를 배열한 뒤 틀에 고정해 인쇄하는 방식이다. 그런데 세자는 여기서 한발 더 나아가 연판 방식을 적용했다.

연판 인쇄는.

먼저 활자로 활판(活版)을 만든다. 그러고는 활판에 물을 적신 형지로 찍어 판형을 만든 다음, 납이나 주석 등을 사용해 연판(鉛版)을 만든다.

이렇게 만들어진 연판은 판형이 고정된다. 그래서 인쇄가 쉽고 지면이 목판처럼 고르게 나온다.

연판으로는 500~1,000장 정도 인쇄할 수 있다. 그런 뒤 활자가 마모되면 다시 녹여 새로 만든다.

이렇게 되면 활자의 수명이 대폭 늘어나는 장점이 있다. 활자는 한글 활자로 우선해서 만들었으며, 한문은 상용 3천 자를 선별했다.

10대에 들어가는 활자의 양은 상당했다.

그래서 지난 몇 개월 동안 활자 제작에 총력을 기울여 왔다. 다행히 그동안의 노력이 성과를 거둬 본격적으로 인쇄소를 가동할 수 있었다.

세자는 모든 인쇄기를 한양에다 설치했다.

그렇게 만들어진 '상무사 인쇄소'를 통해 다양한 책자를 대량 인쇄하면서 인쇄공을 양성할 계획이다. 이렇게 양성된 인쇄공은 다음에 들여올 인쇄기와 함께 팔도에 배치할 예정이었다.

국왕은 이전부터 서책의 발간에 큰 관심을 갖고 있었다.

그래서 누구보다 많은 인쇄 기술 지식을 습득하고 있었다.

그런 지식을 모두에게 밝혔다.

"지금까지는 책을 발간하기 위해 너무 많은 공력이 들어갔
다. 금속활자로 된 한 권의 책을 만들기 위해서는 야장(冶匠)
이 먼저 필요하다. 이어서 글자를 배열하는 균자장(均字匠),
인쇄를 담당하는 인출장(印出匠), 글자를 주조하는 각자장(刻字
匠), 구리를 주조하는 주장(鑄匠), 주조된 활자를 말끔하게 다
듬는 조각장(彫刻匠), 인쇄 판형을 만드는 목장(木匠), 종이를
재단하는 지장(紙匠) 등이 필요하다."

국왕의 말에 주변이 술렁였다.

국왕이 너털웃음을 터트렸다.

"허허! 활자 인쇄의 절차가 너무 많은 것이 이상하냐?"

세자가 몸을 숙였다.

"소자는 그렇게 많은 과정을 거쳐야 하는지 몰랐사옵니
다. 그저 단순히 활자를 만들어 찍기만 하면 되는지 알았사
옵니다. 그보다 아바마마께서 그런 과정을 전부 다 아실 만
큼 서책 발간에 관심이 많은 것도 몰랐사옵니다."

국왕이 고개를 끄덕였다.

"네 말대로 과인은 서책 인쇄에 관심이 많다. 과인은 조선
을 문화 대국으로 만들고 싶었다. 그러기 위해서는 수많은
서책을 발간해야 한다. 헌데 책을 발간하는 일이 너무도 지
난해서 지금까지 그 일을 결행할 수가 없었다. 그런데 네가

만든 연판 인쇄를 보면서 놀라운 점을 알게 되었다."

"무엇을 말이옵니까?"

"우리가 금속활자를 잘 사용하지 못하는 까닭은 활자가 쉽게 닳아 없어져서였다. 그리고 인쇄 방법이 너무도 까다롭고 불편하다. 그래서 지금까지 활자 사용을 지양하고 목판본을 많이 사용해 왔었다. 헌데 네가 개발한 연판 인쇄법을 알고서 큰 충격을 받았다."

"활판을 다시 연판으로 만들어 사용하는 방식을 누구도 생각지 못했었나 보옵니다."

국왕이 아쉬워했다.

"그렇다. 만일 연판 인쇄 방식을 알았다면 아마도 조선의 책은 지금보다 수십 배는 더 많아졌을 게다. 그리고 네가 추진하는 지방 인쇄 공장도 분명 설립되었겠지."

이러던 국왕이 세자를 바라봤다.

"너의 주장이 맞다. 기술이 세상을 바꾼다는 사실을 인쇄기를 도입하며 또 한 번 절감했다. 지금까지 우리 조선에서 연판 인쇄 방식을 생각해 낸 사람이 없었다. 금속활자가 발명되고 천여 년이 되었는데도 말이다."

세자도 아쉬워했다.

"우리 조선에서 금속활자가 활성화되지 않은 이유가 거기에 있었군요."

"그렇다. 우리는 누구보다 먼저 금속활자를 발명했음에도 활용 방법이 부실했다. 그래서 금속활자가 발전하지 못했었다. 만일 누군가 너처럼 발상의 전환만 했다면 지금처럼 인쇄술이 정체되지 않았을 게다."

국왕의 아쉬움에 모든 중신이 공감했다. 국왕의 설명이 이어졌다.

"금속활자의 인쇄는 활판 위에 먹물을 솜뭉치로 찍어 바른 다음, 종이를 덮고 문지른다. 일종의 탁본 형식이지. 이런 과정을 일일이 손으로 하다 보니, 종이가 흔들리거나 먹의 농도가 잘못되는 경우가 허다하다. 그래서 좋은 금속활자를 놔두고 인쇄가 쉬운 목판을 사용해 왔던 것이다. 그런데 연판 인쇄 방식은 목판과 다를 바가 없고 간편해서 깜짝 놀랐다. 더구나 먹도 솜뭉치로 찍는 게 아니라 기계로 균일하게 미는 방식이어서 더 놀랐다."

국왕의 설명은 전문가보다 더 상세했다. 그런 설명을 듣던 모든 대신은 또다시 공감을 표했다.

좌의정 채제공이 나섰다.

"전하! 너무 아쉬워 마시옵소서. 늦었을 때가 가장 빠르다 했사옵니다. 지금까지는 비록 조금 뒤처졌을지 모르지만, 앞으로는 그 어느 나라보다 인쇄 기술이 발전하게 될 것이옵니다."

"그랬으면 좋겠소이다."

세자가 장담했다.

"앞으로 인쇄공을 정책적으로 대거 육성하겠사옵니다. 그래서 빠른 시일에 민간에서도 인쇄소를 운영할 수 있도록 기반을 조성하겠사옵니다."

국왕은 그 자리에서 윤허했다.

"그렇게 하라. 우리의 활판 인쇄도 결코 서양에 못하지 않다. 그러니 서양의 인쇄기를 잘 살펴서 우리의 인쇄 기술에 적용해 보도록 하라."

"그렇게 하겠사옵니다."

국왕이 정리했다.

"자! 오늘 참으로 유익했다. 새롭게 발행될 화폐에 대해 더 질문할 것이 많을 거요. 그러나 그 문제는 다음에 날을 잡아 논의하기로 합시다."

중신들이 일제히 몸을 숙였다.

"그렇게 하겠습니다."

세자가 나섰다.

"아바마마, 조폐국 시찰은 모두 끝났사옵니다. 그러니 기왕 여기 오신 걸음에 제방 공사 현장을 둘러보고 환궁하시옵소서."

국왕의 목소리가 높아졌다.

"오! 맞다. 여의도에 제방 공사를 시작했지? 여기까지 와서 그 현장을 둘러보지 않을 수 없으니 그렇게 하자."

국왕이 결정에 백동수가 소리쳤다.

"전하께서 제방 공사 현장을 시찰하신다! 전 병력은 거기에 맞춰 준비하라!"

그의 지시가 떨어지기 무섭게 군마와 노새를 인솔해 왔다.
국왕은 그중 군마에 올랐다. 대기하고 있던 금군 병력이 군
마를 둘러쌌다.

세자도 제대로 된 군마를 타고 싶었다.

그러나 군마를 타기에는 아직 몸집이 너무 작았다. 그래서
어쩔 수 없이 가장 작은 몸집의 어린 군마를 탈 수밖에 없었다.

다른 중신들은 전부 노새를 탔다.

노새는 암말과 수탕나귀의 혼종이다.

당나귀는 말보다 훨씬 사납다. 거기다 말보다 똑똑하고 상
황 판단력이 뛰어나 훈련시키기 어렵다.

더구나 전투력도 뛰어나, 웬만한 짐승은 대적할 수 없을
정도다. 그래서 쉽게 길이 들지 않는다.

그럼에도 말보다 끈기가 대단하고 수명이 길며 힘도 좋아
짐을 운반하는 데에는 그만이었다.

이런 당나귀의 수컷과 암말의 혼종이 노새다. 노새는 말과
당나귀의 장점을 골고루 지니고 있다.

단지 성격은 당나귀와 비슷해 다루기는 여전히 어렵다. 그
러나 잡식성이고 힘이 세고 질병과 해충에 저항력이 강해 수
송용으로 오래전부터 사육되어 왔다.

장용영이 준비한 노새는 어렸을 때부터 군용으로 사육된
종자다. 그래서 다른 노새에 비해 그나마 성격이 온순한 편

이다.

　국왕 부자와 중신들은 금군의 호위를 받았다. 그런 금군의
주변으로 장용영 병력이 이중으로 호위했다.

　여의도의 끝에서 끝까지는 거리가 멀다. 그럼에도 행렬은
사람이 걷는 정도로 느리게 움직였다.

　잠시 길을 가던 세자가 박제가를 찾았다. 그러다 눈이 마
주친 박제가가 다가왔다.

　"저하! 신에게 하실 말씀이 있사옵니까?"

　"조금 전에 소개하신 제자가 어디 있나요?"

　"뒤에서 따르고 있는데, 불러올까요?"

　"예. 말을 나누고 싶네요."

　"잠시 기다리십시오."

　박제가가 대열을 뒤로 갔다 돌아왔다.

　"저하! 신의 제자이옵니다."

　김정희의 목소리가 조금 떨렸다.

　"저하께서 소인을 찾으셨다고 들었사옵니다."

　"그래요. 묻고 싶은 게 있어서요."

　"하문하여 주십시오."

　"글씨를 잘 쓴다고 하던데요?"

　"과찬이옵니다. 공연한 허명이 난 것이옵니다."

　"그래요? 조금 전 좌상 대감께서 극찬했다고 들었는데, 아
닌가요?"

김정희가 얼굴을 붉혔다.

"그때는 어려서 멋도 모르고 글을 내걸었습니다. 당시 집을 지나던 좌상 대감께서 글을 칭찬하시면서 주의를 주셨사옵니다. 그런 대감의 말씀에 따라 그날 이후 아무리 입춘이라 해도 글씨를 대문에 붙인 적이 없사옵니다."

김한신이 부마가 되면서 당색이 열어졌으나, 그의 집안이 노론임은 분명하다. 그런데 남인의 영수인 채제공이 대문에 붙어 있는 '입춘대길'을 보고서 문을 두드렸다.

조선에서 당파가 다르면 말도 섞지 않는다. 그런데도 채제공이 찾아오니, 양부(養父)인 김노영(金魯永)이 크게 놀랐다.

그래서 그 연유를 물어보니, 대문의 글씨가 하도 좋아 누가 썼는지 알고 싶다고 했다. 김노영은 기뻐하며 일곱 살인 김정희를 불렀다.

채제공은 김정희의 글씨를 크게 칭찬했다. 그러면서 "이 아이는 필시 명필로 이름을 세상에 떨칠 것이오. 허나 만약 글씨를 잘 쓰게 되면 반드시 운명이 기구할 것이니, 절대로 붓을 잡게 하지 마시오."라는 충고를 했다.

이 일이 소문나면서 김정희의 이름이 처음 세상에 알려졌다. 그래서 여러 사람이 가르치려 했으나, 채제공의 추천으로 박제가가 스승이 되었다.

세자가 웃으며 확인했다.

"하하! 그렇군요. 그런데 요즘도 글씨 연습을 많이 하나요?"

김정희가 얼굴을 붉혔다.

"소인은 글씨 쓰는 걸 좋아합니다. 그래서 좌상 대감께서 우려하셨음에도 붓을 손에서 놓지 못하고 있사옵니다."

"좌상 대감께서는 그대의 재주가 출중한 것을 우려하셨을 겁니다. 그래서 재주만 너무 믿지 말라는 의미에서 그런 말씀을 하셨을 거예요."

김정희가 놀랐다.

"스승님도 그런 말씀을 하셨는데, 저하께서도 같은 말씀을 하실 줄 몰랐습니다."

"그랬군요."

세자는 그가 관직 생활을 하면서 큰 고초를 겪는다는 사실을 알고 있었다. 물론 법체계가 바뀌어서, 이전처럼 탄핵만으로 벌을 줄 수는 없었다.

더구나 자신이 있기에 이전과 같은 일이 일어나지 않을 거라 생각했다. 그러나 미래는 알 수 없는 일이었다. 그리고 세자가 보기에 김정희는 관리보다 학자가 더 어울렸다.

그래서 슬쩍 그를 떠봤다.

"그대도 과거를 봐서 관직에 진출할 생각이지요?"

김정희가 고개를 저었다.

"꼭 그렇지는 않사옵니다. 여건이 허락한다면 소인은 평생 학자로 남고 싶습니다. 그런데 저에게 주어진 가문의 짐이 너무 커서 마음처럼 될지 모르겠습니다."

생각지도 않은 말에 세자가 잠시 침묵했다.

"……가문의 이름을 빛낼 수만 있으면 공직에 나가지 않아도 된다는 말이네요."

김정희의 눈이 커졌다.

"그런 길이 있다는 말은 금시초문이옵니다."

"앞으로 조선은 많이 바뀔 거예요. 그런 변화 중에는 교육제도도 당연히 들어 있을 것이고요."

세자가 도입할 교육제도를 설명했다.

"……그래서 앞으로 팔도에 전부 성균관과 같은 대학이 설립될 거예요. 그리고 개인이나 상단에서도 대학을 설립하면 나라에서는 적극 지원해 줄 것이고요."

김정희의 놀라움은 대단했다.

"성균관은 어떻게 되옵니까?"

"성균관은 조정에서 분리되어 대학으로 거듭날 거예요. 그리고 지금은 유학생만 공부하지만, 앞으로는 다양한 분야의 학문을 가르치게 될 거예요. 그렇게 하기 위해서는 지금보다 규모가 훨씬 커질 거고요."

"성균관에서 다른 학문을 가르치는 걸 유생들이 두고 보겠사옵니까?"

세자가 고개를 저었다.

"유생들도 따를 수밖에 없습니다. 새로운 학제가 시작되면 성균관은 조정 직제에서 빠지면서 종합대학으로 승격하

게 됩니다. 만일 성균관이 그걸 반대한다면 유학 전문 단과
대학으로 남아도 됩니다. 그렇게 되면 지금과는 양상이 전혀
달라질 겁니다."

아직 세상 물정을 잘 모르는 김정희였다. 그래서 세자의
계획이 어떤 파급력이 있는지 쉽게 판단하지 못했다.

"……."

"어쨌든 앞으로 많은 부분이 바뀔 겁니다. 학자들도 대학
이란 공적 조직에서 활동하게 됩니다. 물론 지금처럼 서원에
서 후학을 가르치는 경우도 있겠지요. 그러나 서원이 정리되
면 그도 여의치 않게 될 거예요."

김정희가 깜짝 놀랐다.

"서원을 정리한다고요?"

"그래요. 당장은 아니지만 학제 개편과 함께 대대적으로
서원을 정리할 거예요. 대학이 설립되면 서원은 선현들을 모
시는 기능만을 하게 될 거예요."

"쉽지 않은 일이옵니다."

"그래도 정리할 건 해야지요. 서원에 순기능이 있는 건 맞
지만, 그보다 더한 폐단이 문제잖아요. 특히 일부 서원은 공
권력까지 무시하면서 큰 문제가 되고 있기도 하고요."

김정희가 고개를 저었다.

"대단한 식견이옵니다. 저하께서는 소문대로 모르는 게
없는 분 같사옵니다."

세자가 머쓱해했다.

"그런 소문이 있다고요?"

"예, 그렇사옵니다."

박제가가 설명했다.

"저하께서는 그동안 너무도 많은 일을 해 오셨습니다. 그러한 일들이 하나같이 성공했고요. 그래서 시중에는 저하를 하늘이 내린 분이라는 소문과 함께, 모르는 게 없는 분이라는 소문이 돌고 있사옵니다."

"하하! 이거 참. 소문이 도는 것을 막을 수는 없겠지요. 그러나 너무 과장된 소문은 문제네요."

"신경 쓰지 마십시오. 조금 과장되기는 했으나, 그런 소문은 오히려 좋은 점이 더 많습니다."

"그럴까요?"

"앞으로도 저하께서는 많은 일을 하셔야 합니다. 그럴 때마다 소문을 믿는 백성들은 저하를 전폭적으로 지지할 것입니다. 그런 지지를 기반으로 한 사업은 어렵지 않게 안착하게 될 겁니다."

세자가 깊이 공감했다.

"그 말은 맞는 말씀이에요. 개혁 작업을 추진하는 데 있어서 백성들의 지지를 받는 것만큼 중요한 일은 없지요."

주변 사람들이 하나같이 고개를 끄덕였다. 앞서가던 국왕은 뒤에서 들려오는 대화에 절로 흐뭇한 미소를 지었다.

개혁군주

그렇게 얼마를 걸었을 때였다. 섬의 끝에 많은 인부가 일하고 있는 모습이 들어왔다.

"전하! 전면에 제방 공사 현장이옵니다."

국왕이 현장을 둘러봤다.

"인부들이 의외로 많구나."

국왕을 호종하던 박종보가 설명했다.

"세자 저하의 지시에 따라 인부들을 대거 채용했사옵니다."

국왕이 세자를 돌아봤다.

"공기를 앞당기려고 사람을 많이 채용한 거냐?"

"아니옵니다. 형편이 어려운 백성들을 구휼하기 위해 일부러 많이 채용했사옵니다."

"오! 그래서 사람이 많은 거로구나. 처남. 백성들 품삯은 넉넉히 주는 게냐?"

박종보가 대답했다.

"일반 인부들은 돈 두 전에 쌀을 석 되 지급하옵니다. 그리고 석공이나 거중기를 다루는 기술자들은 석 전에 쌀을 석 되 지급하옵니다."

"그 정도면 넉넉한 것이냐?"

"한양의 통상적인 임금보다 후하옵니다. 더구나 쌀을 지급해 주고 있어서 인부들의 호응이 아주 좋사옵니다."

"다행이구나. 그런데 제방 공사는 언제 끝마칠 수 있겠는가?"

"내년까지 공사를 해야 할 것 같습니다. 밤섬에서 석재와

흙모래를 가져와야 해서 금년은 어려울 것 같습니다."

국왕이 여의도의 건너편 밤섬을 바라봤다. 밤섬에도 많은 사람이 일하고 있었으며, 거기서 채취한 석재를 배로 옮겨 오고 있었다.

"고생들이 많구나."

"어쩔 수 없사옵니다. 곧 장마가 시작됩니다. 그전까지 제방 전면 부분은 끝을 봐야, 지금까지 한 공사가 유실되지 않사옵니다."

"그래도 너무 다그치지 않도록 하게. 무엇보다 중요한 게 인명이니 안전 관리도 철저히 하고."

"명심하겠사옵니다."

국왕은 현장 인부들을 고려해 현장에 가까이 가지는 않았다. 그 대신 현장 곳곳을 둘러보며 큰 관심을 보였다.

국왕과 세자의 여의도 방문은 이렇게 끝났다. 그리고 며칠 후 본격적인 장마가 시작되었다.

세자는 장마 기간 내내 마음을 졸였다. 다행히 현장에서의 비설거지가 잘 이뤄져서, 인사 사고도 없었으며 유실물도 발생하지 않았다.

성균관 입학

장마가 지나고 얼마 지나지 않았을 때였다.

기술개발청장 박지원이 모처럼 동궁을 찾았다.

"어서 오세요. 오랜만에 입궐하셨네요."

"그동안 잘 지내셨사옵니까?"

"저야 늘 그렇지만, 청장님께서는 어떻게 지내셨어요?"

박지원이 웃었다.

"하하하! 저하께서 주신 숙제가 워낙 많아 하루가 어떻게 지나가는지 모를 정도입니다."

박지원의 나이 육십이 넘었다. 세자는 그런 사람에게 일을 너무 시키는 것 같아 미안했다.

"죄송해요. 일이 힘드시면 업무를 분담시키겠어요."

박지원이 펄쩍 뛰었다.

"무슨 그런 말씀을 하십니까? 일이 바쁜 건 맞지만 조금도 힘들지 않사옵니다."

"그래도 연세가 있는데……."

박지원이 급히 손을 저었다.

"아닙니다. 아직은 힘에 부치거나 하지 않으니 조금도 걱정하지 마십시오. 그리고 솔직히 말씀드리면 평생에 요즘같이 즐거운 때가 없었사옵니다."

"그러시면 다행이고요."

"하하하! 신이 저하께 공연한 농담을 해서 걱정만 끼쳐 드렸사옵니다."

세자도 미소를 지었다.

"아니에요. 그런데 오늘은 무슨 일로 입궐하셨는지요?"

"저하! 기뻐하십시오. 드디어 소총 견본품을 만들었사옵니다."

세자의 안색이 환해졌다.

"그게 정말이에요? 소총 견본을 몇 달 만에 만들었다고요?"

박지원이 상황을 설명했다.

"화란 기술자의 능력이 대단하옵니다. 더구나 기술을 전수하려는 의지도 높아서, 예정보다 훨씬 앞당겨 제품을 완성할 수 있었습니다. 그래서 우선 다섯 정을 먼저 가져왔습니다."

"소총은 어디 있지요?"

"밖에 있습니다."

세자가 나가자 장용영 병력이 군례를 올렸다.

"충! 세자 저하를 뵙사옵니다."

"고생들이 많아요."

세자가 상자 위에 놓여 있는 소총을 살폈다. 새로 만든 총은 수석식 소총으로 박지원이 일일이 짚어 가며 설명했다.

"여기 윗부분이 격발장치입니다. 방아쇠를 당기면 격발장치가 풀리면서 부싯돌의 불꽃이 튀게 됩니다. 그 불꽃이 화약을 발화시켜 격발되지요."

"사거리는 얼마나 나오나요?"

"최대 사거리는 삼백 보이고, 유효사거리는 백 보입니다."

"조총에 비하면 명중률은 어떠한가요?"

"수석 소총이 월등히 높습니다. 거기다 화승이 필요 없어서 연발 사격에도 유리하고요."

"그래도 비가 오면 사용하지 못하잖아요?"

"그건 어느 총이나 마찬가지입니다. 비가 올 때 사용할 수 있는 총은 없사옵니다."

"본국에도 좋은 총이 있다고 하던데요."

박지원이 고개를 갸웃했다.

"혹시 천보총(千步銃)을 말씀하시옵니까?"

"예, 맞아요."

조선에도 성능 좋은 총이 있었다.

영조 초기에 만들어진 천보총(千步銃)으로 최대 사거리 900
보에 유효사거리가 500보나 되었다. 그러나 이런 천보총은
결정적인 문제가 있었다.

"천보총의 위력이 뛰어난 건 맞습니다. 그러나 총신이 길
어서 혼자서 사용할 수 없습니다. 그래서 저격용이나 수성용
으로는 좋지만, 일반 병사들에게는 맞지 않사옵니다. 특히
총신이 길어 장전하는 데 어려움이 많습니다."

"그렇군요."

박지원이 옆에 있는 칼을 집어 들었다.

"이번에 개발된 소총에는 대검을 장착할 수 있사옵니다.
그래서 저하께서 개발하신 총검술의 적용이 가능합니다. 실
제 장용영의 병사들에게 총검술을 시켜 봤더니 그만이었습
니다."

세자가 소총을 다시 확인했다.

"고생이 많으셨네요. 그런데 아바마마께 보고를 하셨나요?"

"아직 아닙니다."

"그러면 저하고 함께 가요."

"예, 저하."

❁

소총을 본 국왕은 크게 기뻐했다.

국왕은 즉시 중신들을 불러 모아서는 춘당대에서 시범 사격을 실시했다. 화승줄도 없이 격발 장치에 의해 발사되는 소총을 본 중신들은 크게 놀랐다.

이어서 실시된 총검술 시범에 중신들의 고개가 수없이 끄덕여졌다. 중신들은 무관을 겸직한 경험이 많아 새로운 소총의 효용성을 대번에 알아봤다.

국왕은 대단히 만족해했다.

국왕은 제원과 성능 등을 다시 한번 더 확인했다. 그러고는 그 자리에서 양산을 윤허했다.

자주국방을 위한 첫 발걸음이었다.

대검이 장착되는 소총의 양산은 병력 개편에 중대한 분기점이 된다. 대검에 소총을 장착하게 되면 창병이 필요 없어진다.

조선은 본래 기병 중심의 병력을 운영했다. 그러다 평화가 지속되고 명나라의 간섭으로 기병 체계가 유명무실해졌다.

그러던 조선군은 임진왜란을 거치면서 결정적으로 변화한다. 명나라 장수 척계광의 《기효신서》를 도입하며 기병 중심에서 보병 중심으로 재편되었다.

이렇게 된 데에는 신립의 기병대가 일본군 조총에 전멸한 것이 결정적 작용을 했다. 기병을 운용하는 데 엄청난 군비가 들어간다. 그럼에도 조총에 너무도 무력하게 무너지면서 큰 문제가 되었다.

《기효신서》는 삼수병 체제다.

삼수병은 포수(砲手)와 살수(殺手), 그리고 사수(射手)로 되어 있다. 그런 삼수병의 살수는 근접 전투 병력으로, 창과 칼을 운용한다.

그런데 대검을 장착한 소총이 양산되면 살수 병력이 필요 없어지게 된다. 그러나 소총의 사거리와 연발 능력이 부족해 사수는 아직 필요하다.

삼수병에서 활을 쏘는 사수를 양성하는 데 오랜 시간이 걸린다. 그래서 이런 사수도 소총의 성능이 개선되면 머잖아 없어지게 되어 있다.

수석 소총의 개발은 조선의 군사 체계를 근원부터 바꾸는 계기가 되었다. 조선군의 군사 체계에서 또 하나의 변화가 시작된 것이다.

❁

9월 중순.

국왕이 모처럼 세자를 불렀다.

국왕은 창덕궁 후원에서 기다렸다.

애련정(愛蓮亭)은 후원 입구에 자리한 부용지에서 조금 더 들어가야 나오는 애련지의 정자다. 세자가 숙종 때 만들어진 석재로 만든 불로문(不老門)을 지나 정자에 도착했다.

개혁군주

애련정은 문이 없다. 그래서 국왕이 앉아 있는 모습이 멀리서도 보였다.

상선이 인사했다.

"오셨사옵니까?"

"예, 상선."

상선이 웃으며 몸을 돌렸다.

"전하! 세자 저하께서 도착하셨습니다."

정자에 앉아 연못을 바라보던 국왕이 몸을 돌렸다. 그런 국왕의 용안에는 미소가 한가득했다.

"오! 어서 올라오너라."

세자가 정자로 올라와 무릎을 꿇었다.

"찾아 계시옵니까?"

"그래. 할 말이 많으니 편히 앉도록 해라."

"황감하옵니다."

국왕이 세자가 고쳐 앉기를 기다렸다.

"어제 화란 상선이 들어왔다는 보고를 받았다. 이번에도 많은 물건이 들어왔다고 들었는데, 새로운 물건이 있느냐?"

"소자도 아직 자세한 명세서는 받아 보지 않았사옵니다. 아마도 공작 기계와 같은 기계류와, 의학과 과학 관련 서적이 대량으로 들어왔을 것이옵니다."

국왕이 관심을 보였다.

"서양의 의학은 우리와 달리 해부술(解剖術)이 발달해 있다고 하던데, 맞느냐?"

"서양의 의학은 학과가 구분되어 있사옵니다. 그리고 임상을 중요시하고요. 그래서 오래전부터 해부학을 연구해 왔다고 들었사옵니다."

국왕이 고개를 저었다.

"아무리 의학이라도 해도 고귀한 인간의 신체에 칼을 쉽게 대는 건 있을 수 없는 일이다."

"소자도 아바마마의 생각에 동의하옵니다. 허나 저들도 이유 없이 칼을 들이대지는 않을 겁니다. 그리고 실상을 확실히 알지 못하는 상황에서의 막연한 추측은 큰 오해를 불러일으킬 수 있사옵니다. 그러니 번역된 서양 의학 서적을 보시고 나서 판단하시옵소서."

국왕도 이 말에는 동의했다.

"네 말이 옳다. 사람을 치료하는 의사가 함부로 칼을 쓰지는 않겠지."

세자가 고개를 갸웃했다.

분명 처음에는 서양 의학에 대한 문제를 제기했었다. 그런데 너무도 쉽게 수긍하는 모습이 자연스럽지가 않았다.

국왕이 이런 모습을 보고는 씁쓸해했다.

"허허! 이제는 너에게 함부로 말을 할 수도 없구나. 그래맞다. 오늘 편전에서 서양 의학이 위험하다는 말이 나왔다. 그래서 과인이 직접 너에게 확인해 보겠다고 했다."

"그런 일이 있었군요. 그러면 지난번처럼 벽파 대신들이 또 문제를 제기한 것입니까?"

"누가 제기했던 그게 무슨 문제더냐. 중요한 것은 그러한 말이 나왔다는 게 문제이지."

"그렇기는 하옵니다."

상무사의 대외 교역은 날이 갈수록 성과가 좋아지고 있었다. 그런 성과에 비례해 이런저런 핑계로 발목을 잡으려는 시도가 자행되고 있었다.

국왕은 이런 시도에 단호하게 대처해 왔다. 그러나 생명을 다루는 의학에 대한 이의만큼은 그냥 넘길 수가 없어서 세자에게 확인하는 것이다.

세자의 대답을 들은 국왕이 정리했다.

"네 말대로 서양 의학은 번역된 의서를 보고 나서 결정하자. 오늘 너를 부른 이유는 또 있다."

"하명하여 주시옵소서."

"네가 세자로 책봉되고 벌써 1년이다. 그동안 너는 참으로 많은 일을 해 왔고, 또 성공시켰다. 그 점에 대해서 과인은 이 나라의 군주로서 너무도 기쁘구나."

"모두가 아바마마의 지극한 배려 덕분이옵니다. 만일 아바마마께서 소자를 믿어 주지 않으셨다면, 이토록 짧은 시간에 많은 성과를 거둘 수 없었사옵니다."

국왕도 고개를 끄덕였다.

"네 말대로 과인의 도움이 없지는 않았다. 어쨌든 그런 일을 하느라 너의 학습에 조금 소홀히 한 게 맞다. 그래서 내일은 성균관 입학례를 치르려고 한다. 아울러 이번 기회에 너와 함께 수학할 동문도 선발할 계획이다."

본래는 세자로 책봉되면 성균관에 입학한다. 그런데 세자는 책봉 당시 나이가 어려 이런 절차를 행하지 않고 있었다.

세자가 바로 알아챘다.

"그 부분도 문제가 된 것이옵니까?"

국왕이 고개를 저었다.

"어쩔 수 없는 일이다. 세자의 성균관 입학은 대개 여덟 살이 넘으면 행해 왔었다. 그러나 너는 가진 바 능력이 뛰어나다 보니 조정에서 몇 개월을 두고 보지 않는구나."

"몇 개월 빨라졌다고 해도 문제는 없사옵니다. 어차피 치러야 할 일이라면 지금 행하는 게 좋사옵니다."

국왕이 걱정했다.

"성균관 입학례는 절차가 상당히 까다롭다. 과인도 세손 시절 경험해 봤지만, 어린 네가 그걸 다 감당하려면 상당히 힘이 들 게다."

세자가 가슴을 폈다.

"성려하지 마시옵소서. 절차에 따라 조금의 소홀함이 없이 행해 보이겠사옵니다."

국왕은 천천히 고개를 끄덕였다.

"그래, 알았다. 지금까지도 잘해 왔으니 너라면 큰 문제 없이 잘 치러 내겠지."

"그런데 소자와 함께 수학할 동문이라니요?"

"세자의 성균관 입학은 형식에 불과하다. 모든 수업은 세자시강원의 스승에게 교육을 받는다.

이렇게 혼자 수업을 받는 세자를 위해, 유력 집안의 자제들을 선발해 함께 교육을 받게 한다."

"그런 전통이 있었사옵니까?"

"그래. 과인은 세손 시절 사정이 좋지 않아 혼자 수업을 받아 왔다. 그래서 많이 외로웠었다. 그러나 너에게는 그렇게 하고 싶지 않구나."

국왕이 따뜻한 시선으로 세자를 바라봤다.

"요즘 경화사족이란 말이 있다는 사실을 세자는 아느냐?"

"그런 말이 있다는 사실은 알고 있사옵니다."

"할바마마와 과인의 대에 이르러 한양에 세거한 가문들이 번성하게 되었다. 대략 육십여 가문이 경화사족에 들어간다고 한다. 그런 가문 중에서 몇몇 가문은 특히 유명하다."

"안동 김씨도 유명하지 않사옵니까?"

국왕이 미소를 지었다. 세자가 왜 안동 김씨를 거론하는지 너무도 잘 알고 있었기 때문이다.

"물론 안동 김씨도 유명하지. 그러나 다른 경화사족들도 그에 버금가는 명문이라는 점은 부인할 수 없는 사실이다."

"그렇군요. 아바마마께서는 경화사족에 포함되는 가문의 자제를 선발하실 것이옵니까?"

국왕이 고개를 끄덕였다.

"그래. 한양에 터를 잡지 않은 가문은 현실적으로 선발하기 어렵다. 더구나 지방 가문에 경화사족보다 뛰어난 인재가 있는 것도 아니다."

세자도 현실적인 문제 때문에라도 동조하지 않을 수 없었다. 그러면서 이때부터 한양 집중 현상이 생겼다는 사실에 씁쓸한 기분을 감출 수 없었다.

"현실이 그렇다니 어쩔 수 없네요. 하오나 아바마마, 나라가 발전하기 위해서는 지방이 균형 발전해야 하옵니다. 그렇지 않다면 권력뿐이 아니라 부의 집중도 급속히 진행될 수밖에 없사옵니다."

국왕도 알고 있는 사실이다.

"아비도 모르지 않는다. 그러나 주어진 현실을 인위적으로 바꿀 수는 없다. 그 문제는 네가 개혁을 추진하면서 적극 해결해 봐라. 과인도 최선을 다해 도와주마."

"명심하겠사옵니다."

"자! 그러면 내일 있을 성균관 입학 의례 절차에 대해 알려 주도록 하마."

그렇게 부자는 한동안 정자에 머물렀다.

개혁군주

다음 날이 되었다.

"세자 저하께서 드십니다. 모두 예를 갖추시오."

성균관 유생 대표인 장의(掌議)의 외침에 백여 명의 유생들이 일제히 몸을 숙였다. 드디어 세자의 성균관 입학 의례가 시작된 것이다.

성균관 유생들은 동량지재다.

그런 유생들과 세자가 함께 교육을 받는다는 의미는 남달랐다. 그래서 나라에서도 세자의 성균관 입학 의례에 각별한 관심을 기울여 왔다.

세자의 입학 의례는 전날부터 진행된다.

왕실의 행사를 주관하는 전설사(典設司)는 전날 문묘 일대를 정리한다. 이어서 당일에는 각종 예물을 준비해서 의례가 거행된다.

입학 의례에는 성균관 유생 전부와 교수들인 박사도 전부 참석한다.

유학의 전통이 담긴 입학 의례는 복잡하고 힘들다. 몇 번이나 사배하고 몇 번이나 술을 올려야 했다. 그런 행위를 절차에 따라 반복해야 함에도 세자는 의연히 이겨 냈다.

성균관 유생의 복장은 따로 있다.

세자의 입학 의례는 이런 학생 복장을 착용하고 거행되었다. 의례 말미에 박사들에게 배움을 청하는 절차도 있다.

세자가 청을 하면 박사들은 지식이 얕음을 들어 사양한다. 이런 절차를 세 번이나 거치고 나서야 강의에 참석할 수 있었다.

그런데 강의 참여 방식이 유생과 달랐다.

성균관 유생은 좌정해서 자신의 책상에다 경전을 올려놓고 수업을 받는다. 그러나 세자는 책상도 없이 무릎을 꿇고 책을 바닥에 놓고 읽어야 한다.

한나절 무릎을 꿇고 강의를 받는다는 건 보통 어려운 일이 아니다. 그래서 역대 세자 대부분은 형식적으로 참여하고는 돌아갔다.

세자는 이를 묵묵히 견뎌냈다.

일부 박사들은 세자를 걱정해 다리를 풀고 좌정하라고 권했다. 그러나 세자는 이를 정중히 거절하며 끝까지 자세를 유지했다.

성균관 박사와 유생들은 이런 세자를 보고 놀라지 않는 사람이 없었다.

세자가 한나절 수업이 끝내고 돌아갔다.

불과 한나절뿐이었다. 세자는 그럼에도 유생들과 박사들의 마음에 큰 족적을 남겼다.

세자가 입학 의례를 거행하고 있을 때, 국왕은 상참에서 대신들과 국정을 논의하고 있었다.

"오늘 세자가 성균관에 입학했소이다."

홍낙성이 몸을 숙였다.

"하례드리옵니다. 세자 저하께서 비로소 성균관 유생이 되셨사옵니다."

채제공도 동조했다.

"하례드리옵니다. 저하께서 드디어 경전 공부에 매진할 때가 되었사옵니다."

국왕이 고개를 저었다.

"세자는 할 일이 많아요. 그래서 지금처럼 주강만 교육하고, 나머지 시간은 상무사 일을 맡길 생각이오."

"하오나 전하, 공부는 다 때가 있사옵니다. 세자 저하께서 명민하신 건 세상이 다 아는 사실입니다. 그런 분이 더 열심히 공부해야 전하와 같은 성군이 될 수 있사옵니다."

국왕이 다시 고개를 저었다.

그러면서 자신의 실책을 자인했다.

"그렇지 않아요. 군주가 너무 경전에 매몰되는 것은 결코 좋지 않아요."

"전하!"

"과인은 어려운 세손 시절을 넘기기 위해 오로지 경전만 파고들었지요. 그 결과 군사를 자임할 정도까지 되었고요. 그러나 뒤돌아보면 이런 과인이 결코 좋은 군주는 아니었다고 생각합니다."

국왕의 자책에 채제공이 깜짝 놀랐다.

"전하! 어찌 그런 말씀을 하시옵니까? 전하께서 군사를 자임하시며 조정을 다그치신 덕분에 조선이 이만큼 안정된 것이옵니다."

국왕이 씁쓸해했다.

"그렇지 않아요. 솔직히 소탐대실한 게 더 많습니다."

"소탐대실이라니요? 그게 어인 말씀이옵니까?"

"조정 관리는 학자가 아닙니다. 국정을 책임지는 관리지요. 그런데 과인이 군사로 자임하면서 너무 신진 관료들을 몰아붙여 왔소이다. 그래서 잘된 경우도 있었지만, 과인 때문에 주눅이 들어 제 뜻을 제대로 펼치지 못하게 만든 경우도 많아요. 그로 인해 많은 관리가 능동적으로 역량을 발휘하지 못하는 경우도 많이 생겼고요."

"……."

누구도 아니란 말을 못 했다.

조선에서 관리들은 과거에 급제하면 바로 관직을 시작한다. 제대로 된 실무 교육도 없이 업무를 시작하게 되는 것이다.

이러면 당연히 실수가 나온다. 실수가 반복되면 초임 관리들은 대부분 몸을 사리기 마련이다.

그러나 유력 가문 출신들은 다르다. 이들은 가문의 도움을 받아 별다른 실수 없이 승승장구한다.

개혁군주

빈한한 가문 출신은 이러한 도움을 거의 받지 못한다. 아니, 능력이 뛰어나면 오히려 질투와 시기의 대상이 되고는 한다. 그 바람에 능력을 제대로 펼쳐보지도 못하고 한직으로 내몰리게 된다.

국왕은 이런 불합리를 바꾸고 싶었다.

그래서 초임 관리들을 직접 교육했다. 그래서 유능한 인재는 초계문신으로 발탁해, 따로 실무를 배울 시간을 주기도 했다.

그러나 과유불급이었다.

천재인 국왕은 초급 관리들을 자신의 눈높이에서 혹독히 가르쳤다. 때로는 회초리를 직접 들기도 했다. 이런 가르침이 좋은 성과를 낳기도 하지만, 반대의 경우가 더 많았다.

많은 대신이 이를 알고 있었으나 누구도 나서서 지적하지 못했다. 그런데 국왕 스스로 문제를 인정하고 나선 것이다.

홍낙성이 조심스럽게 입을 열었다.

"전하께서 이런 말씀을 하실 줄 몰랐사옵니다."

국왕이 한숨을 내쉬었다.

"후! 나도 세자가 아니었으면 이런 생각을 못 했을 겁니다. 과인은 본래 우리 조선을 유교의 본향으로 만들고 싶었소이다."

"전하의 생각을 모르는 중신은 없사옵니다."

"그렇겠지요. 그래서 초임 관리들을 혹독히 다그쳐 왔고요. 그런데 그게 문제였어요. 세자와 많은 대화를 나누고, 대외 교역이 본격화되면서 비로소 알게 되었소이다. 과인이 지금까지 너무 한쪽만 바라보고 있다는 것을 말이오."

"……."

"문제는 더 있소이다. 과인은 지금까지 백성들을 제대로 보지 못했어요. 말로는 백성이 나라의 근간이라고 하면서도 오로지 사대부만 바라보고 있었던 겁니다. 그런데 세자는 처음부터 과인과 보는 눈이 달랐어요."

채제공이 가세했다.

"세자 저하께서는 모든 일을 추진할 때 백성들을 먼저 생각하시옵니다."

"바로 그겁니다. 과인은 나라를 개혁하려고 20여 년 노력했지요. 그러나 바뀐 건 거의 없고 겨우 나빠지는 걸 막는 게 고작이었지요. 그런데 세자가 시작한 개혁이 어떻게 되었지요? 불과 2년여 만에 나라가 얼마나 바뀌고 있는지는 과인이 말을 하지 않아도 경들이 더 잘 알 것입니다."

국왕이 목소리가 높아졌다.

"세자는 기존의 체제는 거의 손을 대지 않고도 놀라운 성과를 거두고 있어요. 오히려 관직이 늘어나고 권한을 나눠주니, 세자를 추종하는 신진 관료들도 절로 늘고 있어요. 세자가 일부러 사람을 끌어모으지 않아도 말이지요. 이런 상황이 어떻게 생겼나 과인은 계속 고심했소이다. 그러다 과인과 세자의 지향점이 차츰부터 다르다는 걸 이즈음 알게 되었지요."

"……."

국왕이 중신들을 둘러봤다.

"과인은 진정한 사대부의 나라를 만들려고 했소이다. 그렇게 되면 절로 나라가 평안해질 거라는 믿음을 갖고 말이오. 그런데 실상은 조금도 바뀌지 않았지요. 아니, 오히려 부정부패는 더 교묘해지고 악랄해졌지요. 바로 내가 믿고 의지한 사대부들 때문에요."

"……."

국왕의 날카로운 추궁이었다. 이 지적에 대신들의 머리가 땅으로 기어들었다.

"그런데 세자는 달랐지요. 세자는 처음부터 백성들의 나라를 만들려고 했어요. 그래서 지금처럼 놀라운 성과를 보이는 겁니다. 물론 그 백성에는 당연히 사대부도 들어 있지요."

누구도 말을 하지 못했다.

조정 대신들은 사대부들이다.

대신들은 상대를 죽일 정도로 싸우기도 하지만, 자신들끼리 권력을 나눈다. 그러면서 백성들을 끼워 넣을 생각은 조금도 하지 않는다.

홍낙성이 조심스럽게 입을 열었다.

"전하, 우리 사대부도 백성임에는 분명하옵니다. 그러나 아무리 그렇다고 해도 무지한 백성을 조정에 끌어들일 수는 없사옵니다."

국왕이 너털웃음을 터트렸다.

"허허허! 경도 결국 과인과 같은 생각이구려. 이보시오, 영상."

"하문하시옵소서."

"세자도 백성들을 조정에까지 끌어들일 생각은 조금도 없소이다."

"하오시면 왜 이런 말씀을 하시는지요?"

"세자는 정책을 추진하는 데 있어서 백성들의 입장을 먼저 고려한다는 거요. 과인처럼 사대부의 여론을 의식하지 않고 말이오. 그러니 경이 우려하는 일은 일어나지 않을 거요. 아! 능력이 있는 백성들은 상무사에서 특채는 하겠네요."

홍낙성이 얼굴을 붉혔다.

"전하께서 이런 말씀을 하시니 상신으로서 부끄럽기 한량 없사옵니다. 허나 지금 당장으로선 초급 관리들의 문제를 해결할 방법이 없사옵니다."

"과인도 그 점을 왜 모르겠소. 그런데 얼마 전 세자가 참으로 절묘한 제안을 했소이다."

채제공이 궁금해했다.

"어떤 제안이기에 절묘하단 말씀을 하시옵니까?"

"세자가 과인에게 초계문신 제도를 대폭 확대하자고 했소이다. 그러면서 모든 공직자를 위한 연수원을 설립하자고 했어요."

"공직자를 위한 연수원이요?"

"그렇소이다. 연수원을 만들어 초임 관리에게는 반년 동안 실무를 연수시키자고 했소이다. 참상관과 당상관도 별도로 업무를 숙지시켜야 한다고 했소. 그렇게 관리들이 실무에 확실히 숙지하게 되면 아전과 이속의 부조리도 상당 부분 예방할 수 있다고 했소이다."

편전이 술렁였다.

이조판서 민종현(閔鍾顯)이 적극 동조했다.

"절묘한 해결책이옵니다. 공직자 연수원이 설립되면 신진 관리의 교육은 물론 기성 관리들의 재교육이 가능합니다. 그러면 국정의 난맥상을 바로잡을 수 있을뿐더러, 조정이 추진하는 국정 지표를 제대로 가르칠 수 있사옵니다. 아울러 합숙을 함께하면 동료 의식도 한층 배가시킬 것이옵니다."

주무 부서인 이조판서가 적극 찬성했다. 그의 뒤를 이어서 여러 사람이 찬성했다.

국왕이 지시했다.

"알겠소. 연수원 설립 문제는 조당의 논의를 한 번 더 모아 보시오. 과인은 중론이 모이는 대로 설립을 바로 추진하겠소."

"명심하겠사옵니다."

"그리고 이번에 세자와 함께 수학할 동기들을 선발했으면

하오."

편전이 갑자기 후끈 달아올랐다.

세자와의 동문수학은 중요한 의미를 갖는다. 어려서 함께 공부하면 가까워지지 않을 수 없다.

세자와 동문수학하게 될 아이들은 대개 과거에 급제하게 된다. 이렇게 되면 세자와 적어도 수십여 년을 함께 지내게 된다.

권력은 거리와 비례한다. 세자를 지근거리에서 모시면 결국 그 사람이 권력자가 된다는 의미다.

그러나 국왕은 어려운 세손 시절을 보냈다. 거기다 전임 국왕도 왕세제에서 국왕이 되었다.

그래서 세자와 동문수학할 사람을 선발하는 일은 근 백 년 만이었다. 더구나 경화사족이 자리를 잡으면서는 처음 있는 일이었다.

홍낙성이 급히 몸을 숙였다. 그런 그의 목소리는 어느 때보다 열기가 들어 있었다.

"인원은 얼마나 선발하려 하시옵니까?"

"너무 많으면 주위가 어수선하겠지요. 그렇다고 너무 적으면 문제가 될 수도 있으니 열 명 내외면 좋을 듯합니다."

"선발 기준은 어떻게 잡아야 하옵니까?"

"세자의 학문은 나이에 비해 출중하오. 거기다 같은 나이에 비해 성숙하니, 열 살에서 열다섯 살 정도가 적당할 것 같소이다. 학문 수준은, 세자보다 앞선 것은 좋지만 세자에 비해 떨어지면 안 되겠지요."

"혼사 유무는 관계가 없겠사옵니까?"

"그렇소이다."

선발 기준이 정해졌다.

이 결정은 곧바로 대궐을 넘어갔다. 그래서 세자가 환궁할 무렵에는 소문이 한양에 넘실거렸다.

세자의 동문수학할 인원 선발은 경화사족을 들썩였다. 가문의 수는 육십여 개인데 선발 인원은 열 명 내외여서 시작부터 열기가 대단했다.

❈

10월 하순의 어느 날.

국왕이 처음으로 조강에 참석했다.

"어서 오시오소서, 아바마마."

"허허! 공부는 잘되어 가고 있느냐?"

"스승님들의 보살핌 덕분에 열심히 노력하고 있사옵니다."

국왕이 홍낙성을 돌아봤다.

"영상께서 고생이 많습니다."

"별말씀을 다 하십니다. 인재를 가르치는 건 군자삼락(君子三樂) 중에서도 최상이옵니다. 신이 오히려 감읍할 일이지요.

그런데 어인 행차이시옵니까?"

"세자에게 소개해 줄 사람들이 있어서 과인이 직접 왔소이다."

국왕이 상선을 바라봤다. 그와 동시에 문이 열리니, 성정각 마당에 서 있는 유생들이 보였다.

궁궐을 출입하기 위해서는 누구든 관복을 착용해야 한다. 다만 이런 왕실 예법에도 예외가 있었다.

대령 숙수와 같은 전문 직종은 정해진 복장을 하고 드나들 수 있었다. 그리고 성균관 유생들도 유생 복장을 하고서 대궐 출입이 가능했다.

밖을 내다보던 홍낙성이 미소를 지었다. 전각 마당에 자신의 손자가 서 있었기 때문이다.

국왕이 설명했다.

"저기 보이는 아이들은 앞으로 너와 동문수학할 학우들이다. 아직 초시를 치르지 않았으나 대궐 출입이 가능하도록 전부 성균관에 가입교 시켰다. 그래서 유생 복장을 한 것이니, 나가서 인사를 나누도록 해라."

"알겠사옵니다."

세자가 일어나 밖으로 나갔다.

그것을 본 유생들이 일제히 그 자리에서 무릎을 꿇었다.

세자가 지시했다.

"모두 일어나 이리로 올라오세요."

성정각 전면에는 석재로 만든 월대(月臺)가 있다. 이 월대는 상당히 넓어, 십여 명이 넘는 인원을 수용하고 남았다.

유생들이 월대로 올라와 무릎을 꿇으려 했다. 그것을 본 세자가 만류했다.

"무릎은 꿇지 않아도 돼요. 그러니 이대로 서서 인사를 나누도록 해요."

유생들이 서로를 돌아보며 쭈뼛거리다 동시에 고개를 숙였다.

"그렇게 하겠사옵니다."

이러던 유생 중 한 명이 앞으로 나왔다.

"인사드리겠사옵니다. 소인은 전 이조판서이셨던 조, 엄(曮)자 어르신의 손자인 조인영(趙寅永)이라고 하옵니다. 올해 열다섯이며, 관향(貫鄕)은 풍양(豊穰)이옵니다."

이어서 다른 유생이 나섰다.

"인사드리겠사옵니다. 소인은 시임 영상이신 홍, 낙자 성자 어르신의 손자인 홍길주(洪吉周)라고 하옵니다. 올해 나이는 열두 살이며, 관향은 풍산(豊山)이옵니다."

한 사람씩 차례로 나서며 자신을 소개했다. 그렇게 자신을 소개한 유생은 모두 여덟이었다.

세자가 이미 알고 있는 김정희를 비롯해 김유근(金逌根), 조인영, 홍길주, 정원용(鄭元容), 서좌보(徐左輔), 이약우(李若愚), 김수현(金壽鉉) 등이었다.

세자는 여덟 명을 보고는 놀랐다.

일부는 모르는 이름도 있었다. 그러나 대부분 역사에 기록될 만큼 유명한 사람들이었다.

'대단한 면면들이구나. 훗날 이름을 떨칠 인재들이 한자리에 모였어. 선발 기준이 까다롭다고 들었는데, 이 사람들은 어려서부터 특별하구나.'

세자의 시선이 한 소년에게 머물렀다. 그 시선을 받은 소년이 몸을 급히 숙였다.

'김조순의 아들인 김유근도 선발되었네. 이번에 선발되었다는 건 인재라는 건데 말이야.'

이때, 국왕의 목소리가 들렸다.

"인사를 나눴으면 모두 들어오너라."

"예, 아바마마."

세자와 유생들이 전각으로 들어왔다.

국왕은 안으로 들어오는 유생들을 일일이 살폈다. 그 눈빛을 받은 유생들이 하나같이 몸이 경직되었다.

모두가 자리에 앉자 국왕이 다독였다.

"너희 여덟은 이제부터 세자와 함께 수업을 받게 된다. 대궐은 이런저런 제약이 많아 불편한 점이 많을 게다. 허나 시간이 지나면 적응될 터이니, 세자와 좋은 인연을 쌓도록 해라."

"명심하겠사옵니다."

국왕은 여덟 유생에게 덕담을 했다.

"……오늘은 첫날이니 이만 돌아가고, 내일부터 정식으로 수업을 받도록 해라."

"예, 전하."

아이들이 모두 일어나 인사를 하고 돌아갔다.

국왕이 영상을 보고 치하했다.

"영상의 손자가 선발되었소이다. 역시 명문이시오. '풍홍
달서(豊洪達徐) 연리광김(延李光金)' 가문 출신답게 명민해 보입
니다."

홍낙성이 사은했다.

"다행히 손자 덕분에 가문의 위명에 먹칠을 하지 않았사옵
니다."

국왕이 웃었다.

"하하하! 손자가 선발되지 않았다고 해서 풍산 홍문을 낮
춰 볼 사람이 어디 있겠습니까?"

세자가 궁금해했다.

"아바마마, '풍홍달서 연리광김'이 무슨 말이옵니까?"

"우리 조선에는 명문 가문이 많다. 그런 가문 중 네 가문
이 특히 유명하지. 영상 대감의 가문인 풍산 홍씨, 달성 서
씨, 연안 이씨, 광산 김씨가 그 가문이다."

"특정할 만한 이유가 있겠지요?"

"그렇다. 조선의 가문 중에서 일곱 명의 대제학을 배출한
가문은 광산 김씨, 연안 이씨, 그리고 왕실 종계인 전주 이씨
뿐이다. 그리고 풍산 홍씨와 달성 서씨는 연달아 장원급제를

배출한 천재 가문으로 유명하다."

홍낙성의 얼굴에 뿌듯함이 어렸다.

세자가 궁금해했다.

"안동 김씨도 많은 관리들을 배출하지 않았나요?"

"그렇기는 하다. 허나 방금 과인이 말한 네 가문만큼은 아니다."

"그런데 여덟만 뽑은 이유가 있나요?"

"나이를 우선했다. 그리고 학문의 성취도를 너에게 맞추었다. 그런 조건을 맞추려고 하니 의외로 맞는 사람이 적었다."

"가문이 아무리 좋다고 해도 중요한 건 개인의 능력이라는 말씀이네요."

국왕이 파안대소했다.

"하하하! 네 말이 옳다. 중요한 건 개인의 역량이지. 거기다 시기도 맞아야 하고. 그만큼 이번에 선발한 여덟의 능력이 출중하다는 의미도 된다."

"그렇겠네요."

"선의의 경쟁을 해 봐라. 그들이 지금대로만 잘 성장한다면 장차 너와 함께 국정을 이끌어갈 동량이 될 게다."

"알겠사옵니다."

대답한 세자는 조금 전에 만난 여덟 사람을 찬찬히 되새겼다.

그런 세자를 국왕은 흐뭇한 표정으로 언제까지 바라봤다.

그렇게 3년의 시간이 흘렀다.

재회에 눈먼 악귀들

　지난 3년간 여덟 명의 유생은 세자와 동문수학 하며 많은 부분을 함께했다. 이들이 나이는 세자보다 많았지만 도움을 받은 게 더 많았다.

　세자와 유생들은 많은 토론을 했다.

　토론은 대개 경전 문구로 시작되었다. 그러던 주제는 이내 개화와 변화로 옮겨 가기 마련이었다.

　경전 문구나 고사성어에서는 유생들이 대화를 주도한다. 아무래도 이들이 보고 들은 게 훨씬 많았기 때문이다.

　그러다 개화와 변화로 넘어가면 사정은 완전히 달라진다.

　세자는 새로운 지식을 결코 강요하지 않았다. 그 대신 이런저런 비유법을 써가며 지식을 전달하려 노력했다.

기술개발청에서는 수시로 신제품을 내놓았다. 그런 물건이 나올 때마다 세자와 유생들은 그 유효성에 대해서 빠짐없이 토론했다.

토론을 하다 보면 가끔씩 세자가 생각 못 한 물건이 탄생하기도 했다. 세자는 이럴 때마다 푸짐한 포상을 하며 동기부여를 유발했다.

정책 토론을 할 때도 있었다.

정책 토론을 하다 보면 각자의 성향에 따라 보는 관점이 완전히 달라진다. 이렇게 되면 토론은 더 격해지고 열정적이 된다.

세자는 이때 끼어들지 않았다.

자신이 나서서 반대 의견을 누르는 형국이 되는 걸 방지하기 위해서였다. 그 대신 토론이 격해지면 적당히 중재하며 의견이 합쳐지도록 유도했다.

유학 교육은 주입식이다.

그래서 처음에는 대화와 토론을 상당히 어색해했다. 그러나 날이 지나면서 대화와 토론은 깊이를 더해 갔으며, 유생들의 사고도 성숙시켰다.

그러던 금년 초.

유생들이 놀라운 제안을 했다.

대외 교역을 직접 경험하겠다고 나선 것이다. 생각지도 않은 제안에 세자도 놀랐으며, 유생들의 집안도 발칵 뒤집혔다.

개혁군주

조선 사대부들은 물을 아주 싫어한다.

싫어하는 정도가 아니라 무서워한다. 그래서 제주도와 같은 섬 지역 수령으로 발령이 나면 칭병을 하고 사퇴하기 일쑤다.

경화사족들이 이런 지역 수령이 되는 경우는 거의 없다. 그런데 경화사족에서도 명문의 후예인 유생들이 대외 교역 경험을 자청하고 나섰다.

이렇게 유생들의 사고가 바뀌었다.

그러나 이들의 요청은 받아들여지지 않았다. 대를 잇거나 가문을 빛낼 인재를 위험에 빠트릴 수 없다는 이유에서였다.

쉽게 나설 수도 없었다.

문제가 생기면 세자가 모든 잘못을 뒤집어쓸 수 있다. 그래서 한발 물러서 있는데, 유생들이 자신들의 생각을 굽히지 않고 끝내 관철시켰다.

그 결과, 김정희와 조인영이 처음으로 상무사 상선에 승선하게 되었다. 상무사 교역은 처음보다 크게 성장해 투입되는 상선이 매월 세 척으로 늘어나 있었다.

청국과의 거래 물량도 많아졌다.

청국 광주에서 서양 각국과 거래되는 물량도 대폭 증대되었다. 그로 인해 거래 품목도, 거래 금액도 훨씬 증대되었다. 그러나 단일 품목으로는 여전히 홍삼이 최고였다.

3월 중순.

광주에서 교역을 마친 상무사 상선이 귀환했다. 강화나루를 출발할 때도 그랬지만, 귀환할 때도 두 사람은 늘 갑판에 나와 있었다.

청국 광주 하항을 빠져나온 배가 홍콩 섬을 막 돌았을 때였다. 주변 섬을 바라보던 조인영이 먼저 입을 열었다.

"이보게, 추사(秋史)."

"예, 희경(羲卿) 형님."

"대외 교역이 이렇게 대단하다니. 말은 많이 들어왔지만, 교역량이 이 정도로 막대할 줄은 몰랐네."

김정희도 내심을 숨기지 않았다.

"저도 상상 이상이었습니다. 저는 광주에서 청국의 공행과만 교역을 하는 줄 알았는데 그게 아니더군요."

"그러게 말이야. 여기서 서양 상인들과도 교역을 많이 할 줄 몰랐어."

"서양 상인뿐이 아니라 회회국의 상인들도 있었지 않았습니까?"

조인영이 크게 고개를 끄덕였다.

"맞아. 회회 상인들도 있었어."

"온 나라 상인들이 모여 있었습니다. 마치 고려의 벽란도(碧瀾渡)처럼 말입니다."

"대단한 경험이었어."

"저는 이번에 형님을 다시 봤습니다."

조인영의 눈이 커졌다.

"다시 보다니, 그게 무슨 말이야?"

"대담하게 서양 상인들과 영어로 대화를 하셨지 않습니까?"

조인영이 크게 웃었다.

"하하하! 그건 아우도 마찬가지잖아. 나는 솔직히 몇 마디 나누지 못했어. 그런데 아우는 이화행의 오 행수와 한어로도 능숙하게 대화했잖아."

김정희가 쑥스러워했다.

"그건 제가 하고 싶은 일이 있어서 한어를 조금 열심히 배워서 그렇습니다."

"오! 그래? 무엇을 하고 싶었기에 한어를 역관처럼 능통하게 배운 건가?"

"저는 금석학(金石學)을 연구하고 싶사옵니다. 그러기 위해서 청국 최고의 금석학자들과 교류를 하고 싶고요."

조인영이 우려했다.

"본국이 강성해지면 청국과의 교류가 지금처럼 원만해지지 않을 거야. 그리되면 아우가 원하는 바를 이뤄내기 어려워져. 그보다는 서양과의 교류에 대비해 영어를 더 배우는 게 좋지 않아?"

"영어도 배울 겁니다. 허나 당장은 한어에 더 집중하고 싶네요."

"자네가 그렇게 생각한다면 어쩔 수 없지. 그런데 추사는 학자의 길을 걸을 생각인가 봐?"

김정희가 고개를 저었다.

"아직 결정하지 못했습니다. 집안의 기대에 부응하기 위해서는 과거에 급제해야 하는 게 맞는데……. 저는 학문이 좋으니 쉽게 결정하기가 어렵네요."

"학자의 길도 나쁘지 않다고 봐. 세자 저하께서는 성균관과 같은 대학이 팔도에 생긴다고 했잖아. 그리고 그런 대학의 총장은 성균관 대사성보다 품계가 훨씬 높다고 했고."

"그렇기는 합니다."

조인영이 슬쩍 떠봤다.

"혹시 세자 저하께서 말씀하신 돈황(敦惶)의 숨겨진 유물 때문에 마음이 흔들린 거야?"

김정희의 눈빛이 눈에 띄게 흔들렸다. 그런 그의 속내도 흔들렸는지 한 박자 늦게 대답했다.

"……꼭 그런 것만은 아닙니다."

조인형이 웃었다.

"하하! 잘 생각해 봐. 금석학도 일종의 고증학인데, 만일 돈황에서 유물을 찾는다면 그야말로 역사에 남을 쾌거잖아."

"그렇기는 합니다."

"저하께서는 학자가 관리보다 더 대우를 받는 시절이 온다고 했어. 그러면 지금보다 훨씬 좋은 세상 아니겠어?"

"그 말씀은 맞습니다."

여행은 마음을 비워야 한다. 그래야 여정 중에 보고 듣는 내용을 담을 수 있기 때문이다.

두 사람은 한양에 있을 때부터 가까웠다. 그래서 나이 때문에 호형호제하면서도 벗으로 지내왔다.

두 사람은 여정 내내 많은 대화를 나눴다. 그래서인지 이전보다 훨씬 더 가까워졌다.

❋

다음 날 오전이었다.

땡! 땡! 땡! 땡!

갑자기 비상종이 급하게 타종되었다.

갑판에서 대화하던 두 사람이 깜짝 놀라 돛대를 올려다봤다. 중간 돛대에서 망원경으로 바다를 살피던 관측병이 소리쳤다.

"전방 3시 방향, 미확인 범선 발견! 전방 3시 방향, 미확인 범선 발견!"

상무사가 상선을 운용하면서 세자의 전생 지식이 항해술에 몇 가지 도입되었다. 그중 하나가 항로 방위를 시계방향으로 표현하게 했다.

아직 조선은 서양의 시간 표현 방식을 채택하지는 않았다.

그러나 항해에서만큼은 세자의 지시로 방위를 시계의 시침으로 활용하고 있었다.

갑판의 모든 사람의 고개가 일제히 오른쪽으로 돌아갔다. 그러나 육안으로는 수평선만 보였다.

두 사람은 선장에게로 다가갔다.

"선장님! 어느 나라 배입니까?"

조인영이 급히 질문했다.

원통형 망원경으로 전방을 살피던 오형인이 고개를 저었다.

"아직 확인되지 않네."

"확인이 되지 않다니요? 항해하는 선박은 돛대에 국기나 회사 깃발을 내걸어야 하는 거 아닌가요?"

오형인의 표정이 심각해졌다.

"그 말은 맞는데, 깃발 인식이 되지 않아."

"선장님이 모르는 깃발이 있습니까?"

오형인이 고개를 저었다.

"나라고 모든 깃발을 알 수는 없지."

김정희가 이의를 제기했다.

"선장님이 모르는 깃발이라면 회사일 터인데, 그러면 국기도 함께 게양해야 하는 거 아닌가요?"

"맞네."

"그런데도 국기를 게양하지 않았다는 건 뭔가 이상한 거 아닌가요?"

오형인이 고개를 끄덕였다.

"나도 그래서 이상하다는 걸세."

이 말을 하면서 다시 원통형 망원경을 들었다. 그런 그의 망원경에는 두 척의 범선이 포착되었다.

그런 범선의 마스트에는 지금까지 보지 못한 깃발이 걸려 있었다.

'저게 대체 어떤 깃발인지 모르겠네.'

고심하던 오형인이 지시했다.

"상대 선박이 확인되지 않는다. 지금 우리 입장에서는 만일에 대비하는 게 좋으니, 지금부터 전력으로 항진하도록 한다. 통신관! 이 사실을 다른 두 척에도 알려 주도록 하라."

"예, 알겠습니다."

복창을 한 통신관이 선미로 달려갔다. 그러고는 해의 위치를 확인하고는 유리거울을 꺼냈다.

뻔쩍! 뻔쩍!

신호를 보낸 통신관이 기다렸다.

뒤를 따르던 두 척의 상선이 신호를 받겠다는 의미의 빛을 반사했다. 그것을 확인한 통신관이 미확인 범선 때문에 전속 항진한다는 신호를 보냈다.

신호를 보낸 통신관은 두 척의 범선이 감지했다는 신호를 보고는 급히 뛰어왔다.

"신호 접수까지 확인했습니다."

오형인이 소리쳤다.

"좋아! 지금부터 전속 항진한다! 묶여 있던 돛을 풀고 바람을 최대한 받도록 하라! 조타수는 조타륜을 정 위치에 고정하라!"

선장의 지시에, 대기하고 있던 선원들이 갑판을 뛰어다녔다. 조인영과 김정희는 마치 기계처럼 움직이는 선원들을 정신없이 바라봤다.

오형인의 지시가 이어졌다.

"혹시 모르니 전투태세도 점검하도록 하라."

지시를 확인한 통신관이 소리쳤다.

"전투태세 점검 깃발을 올려라!"

그러고는 망원경으로 뒤를 살폈다. 그런 그의 망원경에는 뒤따르는 범선도 같은 깃발이 올라오는 모습이 확인되었다.

조인영과 김정희는 모든 게 신기했다. 두 사람은 유기적으로 움직이는 선원들을 정신없이 바라봤다.

오형인이 그런 둘을 웃으며 바라봤다.

"하하! 뭐를 그렇게 넋을 빼고 보나?"

조인영이 대답했다.

"선원들이 너무도 원활하게 움직여서요. 그런데 통신관이 거울로 신호를 보낸 건 미리 의미를 맞춰 둔 겁니까?"

"아! 그건 세자 저하께서 만드신 통신 신호를 보낸 거라네."

"세자 저하께서 통신 신호를 만드셨다고요?"

개혁군주

"그래. 짧은 신호와 긴 신호를 적당히 혼합해 우리 의사를 상대에게 전달하는 방식이야. 그래서 지금처럼 낮에는 햇빛을 이용하고, 밤에는 불빛을 이용해 신호를 주고받지."

통신 무관이 부언했다.

"정확한 명칭은 '교신 부호'라고 하네. 그리고 방금 게양한 깃발 신호도 세자 저하께서 만드신 것이지."

"그렇게 세밀한 내용까지 저하께서 만드셨다니 대단하군요."

오형인이 다시 설명했다.

"그뿐이 아니야. 군사 기밀이어서 자세히 알려 줄 수는 없지만 해상 교전 전술과 화포 사용 방식도 새롭게 정립해 주셨네."

두 사람은 놀라 입을 벌렸다.

그 모습을 본 오형인이 크게 웃었다.

"하하하! 무얼 그리 놀라나. 육군 전술도 저하께서 만드신 게 많은데, 우리 수군도 당연히 많지."

김정희가 얼른 나섰다.

"그렇군요. 그런데 저들과 맞서지 않고 왜 전력으로 항진하는 건가요?"

"만일의 경우를 대비해서 그런 거라네. 지금 우리 함대에 실린 은화가 백만 냥에 가까워. 그렇게 막대한 재화를 실은 상태에서 적과 교전할 수는 없잖아."

"아! 맞습니다."

"그리고 적과 교전을 하더라도 최대한 북상해서 제주 해상까지 올라가는 게 좋아."

조인영이 바로 말을 받았다.

"제주 함대의 도움을 받으시려는 거로군요."

"그렇다네. 우리도 무장을 갖추고 있으니 저들과 격돌한다고 해도 지지는 않아. 하지만 지금처럼 많은 재화가 선적되어 있을 때는 외부의 도움을 받는 게 맞아."

상무사는 분기마다 세 척씩의 범선을 네덜란드로부터 인도받았다. 인도받은 범선이 늘어나면서 강화나루의 수용 능력은 이내 한계에 부딪혔다.

이런 상선을 교동의 경기수영에 분산 수용해도 되기는 했다. 그러나 세자는 바다 영토 확보를 위해 대양 함대를 육성하고 싶었다.

그 일환으로 제주에 군항을 건설했다.

제주도의 해안선은 단조롭다. 그나마 지형을 활용한 항만을 건설할 수 있는 곳은 서귀포 정도다.

나라에서 토목공사를 하게 되면 백성들은 부역(負役)에 동원된다. 그래서 토목공사는 늘 백성들의 원성의 대상이 되고는 한다.

그러나 이번에는 달랐다.

상무사는 백성들을 대거 고용했다. 그러면서 육지에서와 같이 후한 임금을 지급했다.

임금을 주고 백성을 고용하는 경우는 제주에서 처음이었다. 당연히 이 같은 조치는 백성들의 열렬한 환영을 받았다.

덕분에 불과 반년 만에 본섬과 서귀포 앞 새섬과 그 일대에 방파제가 만들어졌다.

방파제가 조성되었다고 해서 항만 공사가 끝난 것은 아니다. 부두 광장과 접안 시설도 건설해야 한다.

그래서 3년이 되어 가는 지금도 공사가 계속되고 있었다. 덕분에 서귀포는 천 톤급 범선 수십여 척이 너끈히 정박할 정도가 되었다.

제주 함대의 범선은 이십여 척이나 되었다. 세자는 제주 함대를 몇 개의 전대로 나눴다.

그렇게 나눈 전대는 정기적으로 제주 일대와 주변 해역을 항해했다. 이러면서 항해술의 배양은 물론 상무사 상선의 정기 운항을 보호해 왔다.

오형인은 이런 함대의 도움을 바라보고 있었다.

"제주 함대 전대는 우리 선단 일정에 맞춰 늘 기동훈련을 실시한다네. 그래서 하루 정도만 더 올라가면 제주 함대와 조우할 수 있을 거야. 잘만하면 통신 신호 덕분에 더 일찍 만날 수도 있고."

김정희가 걱정했다.

"하루 동안이나 저들에게 잡히지 않을 수 있습니까?"

오형인이 크게 웃었다.

"하하하! 너무 걱정하지 않아도 되네. 우리 범선의 속도는 저들보다 뒤떨어지지 않아. 더구나 저 정도의 거리라면 하루 정도는 따라잡히지 않고 거리를 유지할 수가 있어."

"그렇다면 다행이네요."

잠시 후.

바람을 한껏 받은 상무사 상선들이 전속으로 북상했다.

✽

미국 상선의 데이비드 윌슨 선장은 원통 망원경으로 상무사 선단을 살피고 있었다. 그러던 그가 화를 버럭 내며 난간을 내리쳤다.

"이런 빌어먹을! 저놈들이 우리의 존재를 알아채고 전속으로 항진하고 있어. 좀 더 다가갔어야 저들을 쉽게 추적할 수 있었는데 말이야."

옆에 있던 부선장이 권했다.

"저들의 도주를 두고 볼 수는 없습니다. 선장님. 우리도 전속으로 항해해 따라잡아야 합니다."

"좋아! 그렇게 해. 저놈들 무장이 우리보다 빈약하니, 따라잡기만 하면 승산은 우리에게 있어."

"예, 맞습니다. 저 선단에는 백여만 달러의 은화가 실려 있습니다. 반드시 잡아 그동안의 손해를 만회해야 합니다."

윌슨 선장의 눈에서 탐욕이 이글거렸다.

"당연히 그래야지. 지난 몇 년간 우리가 얼마나 많은 손해를 입었는데. 그걸 만회하기 위해서라도 무조건 저 배를 잡아야 해."

북미에서 인삼은 1716년에 발견되었다.

프랑스인 예수회 신부 조세프 라피도는 인삼에 대해 잘 알고 있었다. 그는 포교하던 중 원주민들에게서 인체와 비슷한 식물이 있다는 말을 들었다.

라피도 신부는 머릿속이 번쩍했다. 그가 알고 있는 인삼과 형태가 너무도 비슷했기 때문이다.

그는 상황부터 파악했다.

그러다 자신이 있는 캐나다의 위도가 중국 북부와 비슷하다는 점을 깨달았다. 그는 원주민인 모호크 부족 여인의 안내로 인삼밭을 발견했다.

라피도 신부는 환호했다.

오랫동안 사람의 손을 타지 않은 인삼밭이 끝도 없이 펼쳐져 있었기 때문이다. 이후 인삼은 오대호 연안과 대륙 곳곳에서 속속 발견되었다.

채취된 북미 인삼은 대서양 연안에 집결되었다. 그러고는 동인도회사에 의해 중국으로 실려 나갔다.

이런 과정을 거치는 이유가 있었다.

영국 동인도회사가 중국 무역을 독점하고 있었기 때문이

다. 이렇다 보니 미국인들에게 영국 동인도회사는 눈엣가시였다.

북미 식민지 사람들도 본토의 영국인들처럼 차를 즐겨 마신다. 이런 차도 당연히 영국 동인도회사가 독점 공급하고 있었다.

영국 동인도회사는 폭리를 취했다.

채취한 인삼은 헐값에 구매하면서 녹차와 홍차는 비싼 값에 판매했다. 이런 불합리를 미국인들은 몇 번이나 수정하려 했으나 요지부동이었다.

북미 인삼과 차는 동인도회사에 막대한 수익을 안겨 주었다. 이런 수익을 동인도회사가 그냥 포기할 리는 만무했다.

그래서 북미 사람들은 차만이라도 밀무역으로 문제점을 타개하려 했다. 그러나 탐학한 영국은 밀무역을 금지하고 영국 동인도회사의 독점을 강화하는 관세법을 제정해 버렸다.

이 여파로 보스턴차사건이 발발하면서 독립전쟁이 시작되었다. 독립전쟁은 몇 년 만에 미국이 승리하게 된다.

그 결과 미국은 1783년 9월 3일 파리 조약을 통해 독립국 지위를 인정받았다. 드디어 청국과 직교역을 할 수 있게 되었다.

독립을 쟁취하자 상인들은 빠르게 움직였다.

그래서 독립한 지 불과 5개월 만인, 1784년 1월 뉴욕.

미국 상선 '중국 황후호(Empress of China)'가 최초로 뉴욕을 떠났다. 이 배에는 24만 달러어치의 미국 인삼과 각종 가죽과 모피가 실려 있었다.

이 인삼은 중국이 한 해 수입한 물량의 무려 50% 정도였다. '중국 황후호'는 가져간 모든 물건을 팔아 치우고는 녹차와 홍차를 가득 싣고 귀환했다.

그러고는 녹차와 홍차 등을 동부 해안에 팔아 무려 1,500%의 수익을 올린다. 미국인 투자자들은 이 거래에 당연히 환호했다.

이때부터 10여 년 동안 미국 인삼의 수출은 호황기를 맞았다. 이렇게 거둬들인 교역 수익은 초기 미국 경제에 큰 도움이 되었다.

반면.

영국 동인도회사는 큰 타격을 받았다.

영국은 본래 섬유를 청국에 수출하려 했었다. 그러나 청국은 가내 수공업으로 만든 섬유가 영국 제품보다 훨씬 쌌다.

그래서 대안으로 찾은 게 북미 인삼이었다.

1716년 발견된 북미 인삼은 미국이 독립하기 전까지 영국 동인도회사의 돈줄이었다. 그러다 미국이 독립하면서 돈줄이 끊겨 버렸다.

영국 동인도회사는 이때부터 급격한 무역 적자에 시달리게 된다. 그런 적자를 만회하기 위해 아편을 취급하게 되었으며, 이 아편으로 청국을 멸망의 구렁텅이로 빠져들게 한다.

탐욕이 불러온 최악의 결과였다.

반대로 미국은 승승장구했다. 미국은 직교역 하면서 청국의 인삼 시장을 거의 독점하게 되었다.

이런 인삼 시장이 5년 전부터 달라졌다.

미국 인삼에 밀려 지리멸렬했던 조선이 홍삼을 들고나온 것이다. 상무사는 이전보다 파격적으로 낮은 가격으로 청국 인삼 시장을 공략했다.

이런 시장 공략은 대성공을 거두면서 거침없이 물량을 확대해 나갔다. 여기에 백삼까지 가세하면서 미국 인삼은 급격히 세력을 잃어 갔다.

미국 인삼은 재배하지 않고 채취한다. 자생하는 인삼의 양이 그만큼 어마어마하게 많다는 의미다.

그러나 80여 년간 채취만 해 온 미국 인삼은 수확량이 크게 줄고 있었다. 그래서 가격이 올리려고 할 때 홍삼이 등장하며 직격탄을 맞았다.

그래도 몇 년간은 근근이 버텨 왔다.

그러던 상황이 최악이 되었다.

가뜩이나 수확 물량도 이전보다 현격히 줄었다. 그런데 가격마저 폭락하면서 항해 비용조차 건지기 어려운 지경이 되었다.

그런데 상무사는 달랐다.

상무사는 해마다 물량을 늘리더니, 이제는 한 번에 백만 냥에 이르는 막대한 물량을 거래했다. 이런 거래량에는 새롭게 쏟아지는 공산품도 큰 몫을 차지했다.

그러나 데이비드 윌슨에게 세부 내용이 중요하지 않았다. 10여 년간 미국 무역 선단을 이끌어 온 그에게는 오직 천은 백만 냥의 결과만 보였다.

윌슨 선장이 이를 갈았다.

"으득! 천은 백만 냥이면 우리가 최고의 수익을 거뒀을 때보다 무려 두 배나 많은 금액이다. 조선이 없었다면 그 금액은 당연히 우리 몫이 되었을 금액이야."

부선장이 조심스럽게 의견을 냈다.

"선장님, 그 정도는 아닙니다. 금년 우리 인삼의 작황이 별로 좋지 않았습니다."

존슨 선장이 버럭 화를 냈다.

"무슨 소리야? 조선 인삼이 없을 때는 우리 인삼이 가격의 지표였어. 그랬다면 금년처럼 물량이 적으면 거꾸로 높은 가격이 형성되었을 거야. 그러면 우리는 물건이 적더라도 평상시와 같은 금액을 받았을 게 분명해."

초기의 북미 인삼 물량은 엄청났다.

워낙 많은 물량이어서 가격을 좌지우지해 왔다. 그래서 지금까지 승승장구해 왔었다. 그러나 지금은 물량도 줄면서 상무사로 인해 가격 경쟁력마저 위축되었다.

쾅!

윌슨 선장이 난간을 쳤다.

"모든 건 저들 때문이야. 저들이 없었다면 우리가 이토록 비참해질 일이 없어."

부선장이 답답해하며 한숨을 내쉬었다.

"후! 그나저나 대안이 있기는 해야 합니다. 이대로 돌아갔다간 파산할 수밖에 없습니다."

윌슨 선장의 손에 힘이 들어갔다.

"……그렇게 할 수는 없어. 반드시, 반드시 저놈들을 잡고 만다."

윌슨은 이렇게 몇 번이고 스스로의 마음을 다잡았다. 그런 그의 눈은 실핏줄이 터져 온통 붉은빛이었다.

두 척의 해적선도 전력으로 항해했다. 상무사 상선들은 조금도 방심하지 않고 북상했다.

추격전은 밤새도록 이어졌다.

김정희와 조인영은 오형인의 권유에도 불구하고 밤새 잠을 이루지 못했다. 날이 밝자 두 사람은 서둘러 일어나 갑판으로 올라갔다.

그런 두 사람이 동시에 놀랐다. 원통형 망원경을 든 오형인이 선미에서 적선을 관찰하고 있었기 때문이다.

"함장님은 주무시지 않았습니까?"

오형인이 망원경을 내렸다.

"어서들 오게."

김정희가 다시 나섰다.

"밤새 이러고 계신 겁니까?"

오형인이 쓴웃음을 지었다.

"해적선이 뒤쫓아 오는데 잠을 잘 수는 없잖아."

"아! 해적이 맞나 보군요."

오형인이 손짓을 했다.

"저렇게 밤새 추적해 오는 경우는 해적밖에 없어."

조인영이 바다를 바라보다 깜짝 놀랐다. 해적선이 전날보
다 눈에 띄게 가까이 다가와 있었다.

"해적선이 저렇게 가까이 추적해 왔네요. 이러다 곧 꼬리
를 잡히는 거 아닙니까?"

오형인이 사정을 설명했다.

"만일에 대비해 선단을 재편했네. 후미 두 척이 무역 대금
의 상당량을 싣고 있었어. 우리는 은화보다는 구입한 물건을
많이 선적했고. 그래서 후미에 따르던 두 척을 먼저 올려 보
냈어. 그렇게 하려고 우리 배가 속도를 조금 늦췄더니 대번
에 거리를 좁혀 오네."

"아! 그렇습니까?"

옆에 있던 통신관이 부언했다.

"저 배는 우리보다 작고 선형도 날렵하네. 그래서 본래부
터 속도가 빠른 배야."

오형인이 다시 말을 이었다.

"그렇다고 너무 불안해하지 말게. 저 배가 아무리 빠르다

고 해도 우리를 추월하는 건 결코 쉽지 않으니 말이야."

통신관이 동조했다.

"옳은 말씀이야. 해상에서 추적을 하다 포격전이라도 벌이려면 저들이 우리와 맞서야 해. 그렇게 되기까지는 상당한 시간이 걸릴 거야. 그리고 중요한 건 그렇게 된다고 해서 우리가 꼭 진란 법도 없고."

오형인도 자신했다.

"물론이지. 저렇게 대놓고 추적하는 걸 보니 무장은 우리보다 좋겠지. 그러나 무장이 좋다고 해서 꼭 해전에서 승리하는 건 아냐."

"맞습니다. 우리가 보유한 대포도 위력이 만만치 않습니다."

두 사람이 자신만만했지만, 김정희와 조인형의 불안감은 가시지 않았다.

그렇게 한나절이 흘러 해적선이 상무사 상선의 꼬리를 물었다. 오형인이 소리쳤다.

"포문을 개방하고 포탄을 장전하라!"

상선에도 대포가 장착되어 있다.

오형인이 지휘하는 상무사 상선은 초기에 구입해서 무장이 상대적으로 빈약하다. 그럼에도 좌우 각 8문의 대포가 장착되어 있었다.

선장의 지시에 포문이 개방되었다. 이어서 장약과 장탄을 마친 함포가 포문으로 튀어나왔다.

쿵! 쿵! 쿵!

함포가 선체에 부딪히며 육중한 소리를 냈다. 갑판에 서 있던 김정희는 묵직한 소리에 가슴이 두근거렸다.

옆에 있던 조인영도 마찬가지였다.

"후! 함포가 개방되는 소리에 심장이 벌렁거리네."

"저도 가슴이 두근거립니다."

오형인이 웃었다.

"하하! 이 정도 소리에 놀라면 어떻게 해. 곧 포격이 시작되면 굉음이 엄청날 터인데 말이야."

김정희가 질린 표정을 지었다.

그 모습을 본 오형인이 권했다.

"두려우면 갑판이 있지 말고 선실로 내려가도록 하게."

김정희가 고개를 저었다.

"아니에요. 솔직히 두렵기는 하지만 끝까지 지켜볼 겁니다."

"좋아. 그러면 갑판에 있지 말고 선수의 선장실에 들어가 있도록 하게."

"알겠습니다."

두 사람이 서둘러 선수의 선장실로 갔다.

※

사정은 해적선도 다르지 않았다. 데이비드 윌슨은 뜬눈으로 밤을 새웠다.

그는 연신 망원경으로 상무사 상선을 살피며 초조한 표정을 감추지 않았다. 그러던 그는 이내 거칠게 욕을 퍼부어 댔다.

"빌어먹을! 도대체 선장이 어떤 놈이기에 배를 저렇게 잘 운용하는 거야? 우리 배가 날렵해서 속도가 여느 상선보다 훨씬 잘 나는데, 어떻게 저렇게 뚱뚱한 선체를 갖고 있으면서도 밤새 잡히지가 않는 거야."

부선장이 위로했다.

"너무 언짢아하지 마십시오. 저놈들이 빠른 건 맞지만, 이대로라면 곧 꼬리를 잡을 수 있습니다. 선장님께서도 확인하셨지만, 저들의 무장은 우리보다 훨씬 빈약합니다."

윌슨 선장이 고개를 끄덕였다.

"그건 맞아. 광저우에서 확인한 거로는 저들의 함포는 각각 여덟 문에 불과했어."

"예. 우리의 절반입니다. 그리고 제가 듣기로 실전 경험도 전혀 없다고 했습니다. 더구나 범선 운용 경험도 겨우 몇 년에 불과한 노란 원숭이들을 우리가 요리하지 못할 리가 없지 않겠습니까?"

윌슨 선장이 주먹을 움켜쥐었다.

"맞아."

그는 옆에 놓인, 사탕수수로 만든 독한 럼주를 집어 들었다. 그러고는 소리 내어 몇 모금 마셨다.

"꿀꺽! 꿀꺽! 꿀꺽! 커! 부선장의 말이 맞아. 저런 노란 원숭이들을 잡아 족치지 못하면 바다 사나이가 아니지. 자! 좀 더 힘을 내자. 이대로라면 저들의 꼬리를 잡는 건 얼마 남지 않았다!"

윌슨 선장의 독려가 통해서일까? 놀랍게도 '중국 황후호'와 동행한 범선이 속도를 배가시켰다.

그런 해적선을 지켜보던 오형인이 이를 악물었다.

"결국 해전까지 각오해야겠어. 저놈들, 끝까지 포기하지 않는구나."

옆에 있던 부장이 건의했다.

"승조원들도 전부 무장을 시키겠습니다."

"그렇게 해. 그리고 천보총 사수를 불러오도록 해."

"알겠습니다."

부장이 급히 뛰어갔다가 네 명의 승조원을 대동하고 돌아왔다.

"선장님, 천보총 사수들입니다."

서양과의 교역을 통해, 소총에 이어 대포 제작 기술이 도입되었다. 이렇게 도입된 총포 제작 기술로, 지난 3년간 다량의 소총과 대포를 제작했다.

그 결과 장용영과 훈련도감을 비롯한 중앙 군영의 모든 병력에 새로운 소총이 보급되었다.

장용영 병력은 꾸준히 늘어나, 이제 3만여 명이나 된다. 여기에 훈련도감 병력 6천과 금군 병력 3천, 그리고 다른 중앙 군영을 합친 4만여 명의 무장이 완전히 새롭게 교체되었다.

기존의 조총과 도검류는 일부를 제외하면 전부 회수해 녹였다. 그러나 긴 유효사거리를 자랑하는 천보총과 편전(片箭)은 오히려 수량을 늘리며 당당히 자리를 차지하고 있었다.

세자는 천보총의 사거리에 주목했다.

지금의 선박은 함포를 측면에 배치한다. 그래서 전후면의 공격에 취약한 단점이 있다. 세자는 이런 단점을 보완하기 위해 모든 상무사 상선에 4정의 천보총을 배정했다.

오형인이 천보총 사수에게 지시했다.

"우리를 뒤쫓는 선박이 해적선이 분명하다. 지금까지 몇 번이나 신호를 보냈음에도 무조건 뒤를 쫓기만 한다. 저런 자들에게는 경고 차원에서도 철퇴를 가할 필요가 있다."

천보총 사수 한 명이 나섰다.

"저격을 하면 되겠사옵니까?"

"그래. 할 수 있겠나?"

"물론입니다. 저격 대상은 누구로 할까요?"

오형인이 잠깐 고심했다.

"우선 관측병과 해적 지휘관으로 보이는 자들을 저격하라. 아! 기왕이면 네 정 모두 사용하도록 해."

"그렇게 하겠습니다."

천보총은 총신이 길어 두 명이 1조다.

그럼에도 총신이 길어서 장전하는 데 상당한 애로 사항이 있다. 이런 문제를 조금이나 해소하기 위해 1조당 2정의 천보총이 배정되어 있었다.

천보총 사수와 부사수가 천보총을 들고 선미로 다가갔다. 상무사 상선은 선수와 선미가 높아 각각 별도의 선실이 마련되어 있었다.

천보총 사수들은 선미의 선실로 들어가 난간에 총을 거치했다. 사수 중 한 명이 자청하고 나섰다.

"내가 관측병을 저격하겠네."

"그럼 내가 지휘관을 저격하지."

지휘관을 지목한 사수가 해적선과의 거리를 대강 측정했다. 그렇게 기다리다 해적선이 유효사거리까지 접근한 것을 확인했다.

천보총 사수들이 각자 총을 들었다.

이들의 천보총은 대대적인 개량을 거친 신형이었다. 새롭게 개량된 천보총은 수석식 소총이었으며, 원통형 망원경을 장착해 명중률을 극대화했다.

사수가 망원경으로 시선을 가져갔다. 사수가 들여다보는 망원경에는 십자 표시가 되어 있었다.

사수들은 자신이 지목한 목표를 찾아내고는 심호흡을 했다. 그런 뒤 숨을 멈추었다 거의 동시에 방아쇠를 당겼다.

탕! 탕!

윌슨 선장은 어느 순간 이상한 느낌을 받았다. 그런 때 멀리서 들려오는 소총 소리를 들었다.

그는 순간적으로 몸을 낮췄다.

퍽!

그와 동시에 옆에 서 있던 부선장의 머리가 터져 나갔다. 윌슨 선장의 두 눈이 찢어질 듯 커졌다.

이때였다.

"으악!"

갑자기 마스트에 올라가 있던 관측병이 비명을 지르며 떨어졌다.

쾅!

추락한 관측병은 머리가 터지면서 그 자리에서 즉사했다. 순간적으로 두 명이 죽어 나간 것이다.

윌슨은 갑작스러운 사태에 당황했다.

"이게 대체 어떻게 된 일이야!"

누군가 소리쳤다.

"조선 상선에서 총을 쏜 것 같습니다!"

윌슨 선장이 급히 전방을 바라봤다.

"지금 무슨 소리를 하는 거야? 저렇게 먼 곳에서 어떻게 소총을 사격할 수 있어?"

그때였다.

퍽!

"으악!"

픽!

"으악!"

다시 비명과 함께 두 명의 몸이 저격 반동으로 튕겨 나갔다. 그렇게 쓰러진 두 명도 즉사했는지 미동도 없었다.

"으! 으!"

윌슨 선장은 피가 나도록 주먹을 움켜쥐었다. 등줄기가 서늘해지고 몸에 전율이 돌았다.

"이게 대체 어떻게 된 일이야? 저렇게 먼 곳에서 어떻게 저격을 할 수 있는 거야?"

이때, 누군가 소리쳤다.

"선장님, 혹시 조선에 우리가 모르는 무기가 있는 거 아닙니까?"

윌슨의 머릿속이 순간 복잡하게 움직였다. 그는 이내 결정을 내렸다.

"저격을 조심해라! 주변에 있는 물건으로 몸을 숨기도록 하라!"

그의 지시가 떨어지자마자 우왕좌왕하던 선원들이 순식간에 몸을 숨겼다.

망원경으로 이런 장면을 바라보던 오형인이 혀를 찼다.

"쯧쯧! 아쉽네. 해적 두목이 의외로 대처 능력이 뛰어난 거 같구나."

부장이 나섰다.

"저렇게 하는 걸 보면 우리에게 특별 무기가 있다는 걸 알아챈 거 같습니다."

"그러게 말이야."

네 명이 저격당했음에도 해적선의 속도는 줄어들지 않았다. 그 점을 확인한 오형인이 지시했다.

"안되겠다. 부함장은 천보총 사수들에게 해적들을 무조건 저격하라고 지시하게."

"알겠습니다."

이후, 간간이 총소리가 들렸다.

그때마다 해적들은 죽거나 부상을 당해 대열에서 이탈했다. 그러나 해적선의 속도는 결코 줄어들지 않았다.

해적선이 가까워질수록 천보총의 총소리 간격은 빨라졌다. 그렇게 천보총이 활약했음에도 끝내 해적선은 상무사 상선의 꼬리를 잡을 수 있었다.

윌슨 선장이 이를 갈았다. 그는 은폐물 뒤에 숨어서 고개만 간간이 내밀다 소리쳤다.

"전투를 준비하라! 저 배만 잡으면 모두 몇 달간 술독에 빠지게 만들어 주겠다."

"와!"

'중국 황후호' 선원들은 해적이 아니다.

그러나 이 시대의 선원은 언제라도 해적이 될 수 있었다.

그런 선원들이었기에 윌슨의 포상 약속에 하나같이 환호하며 눈을 빛냈다.

오형인은 침음했다.

이제는 해적선의 상황을 망원경이 아니고도 확인할 수 있었다. 그는 해적들이 총과 칼을 들고 환호하는 모습을 어렵지 않게 확인할 수 있었다.

"으음!"

그도 실전은 처음이었다.

겉으로는 냉정을 유지하고 있었지만, 막상 전투가 목전에 다다르니 손에 절로 땀이 배었다. 그러나 자신을 바라보고 있는 승조원을 위해서라도 조금의 흔들림도 보여서는 안 된다.

"전투를 준비하라! 항해의 필수 요원을 제외한 전원은 무기를 들어라!"

갑판선실에 있던 김정희와 조인영은 한시도 바다에서 눈을 떼지 못했다. 그래서 천보총의 저격도 빠트리지 않고 확인했다.

그러다 갑판이 부산해지는 걸 본 김정희가 입을 열었다.

"형님, 본격적인 전투가 시작되려나 봅니다."

조인영의 안색도 어두워졌다.

"그러게 말이야."

"우리도 나가서 거들어야 하지 않겠어요?"

조인영이 고개를 저었다.

"그냥 여기서 기다리는 게 맞아. 우리가 나가서 무엇을 하겠어."

"하! 이런 때 아무것도 할 수 없다는 사실이 너무도 답답하네요."

조인영도 말은 하지 않았으나 고개를 끄덕이며 동조했다.

그때였다.

땡! 땡! 땡! 땡!

갑자기 긴박한 종소리가 들려왔다.

추악한 탐욕

조인영과 김정희는 종소리를 듣고는 더 이상 참지 못했다.
두 사람은 서둘러 선실을 나왔다.

오형인이 그런 둘을 보며 걱정했다.

"안에 있으라니 왜 나온 건가?"

조인영이 고개를 숙였다.

"죄송합니다. 답답해서 견딜 수가 없어서요. 그런데 웬 종
소리입니까?"

오형인이 손으로 바다를 가리켰다.

"저기, 저쪽을 보게."

그러나 두 사람은 아무것도 보이지 않았다.

"이런! 내가 마음이 급했구나. 자! 여기 망원경으로 확인

을 하게."

조인영이 급히 망원경을 들어 확인했다.

"아니! 저기 있는 저 배들은 뭔가요? 혹시 해적선이 또 나타난 건가요?"

오형인이 크게 웃었다.

"하하하! 해적선이 아니라 제주 함대라네."

"그걸 어떻게 확인할 수 있지요?"

"저쪽 함대를 잘 살펴보게. 전날 알려 준 통신 신호를 보내고 있는 걸 알 수 있을 거야."

조인영이 자세히 살피니, 과연 빛이 번쩍거리는 게 보였다.

"아! 맞습니다. 빛으로 신호를 보내고 있습니다."

오형인이 주먹을 움켜쥐었다.

"그래. 이제부터 반격의 시간이다."

제주 함대가 나타났음에도 해적선들은 이를 바로 알아채지 못했다. 관측병이 사살됐고, 지속되는 저격으로 선원들이 몸을 숨기고 있었기 때문이다.

월슨 선장도 마찬가지였다. 그러던 월슨 선장이 이상한 점을 느꼈을 때는 제주 함대가 해적선단의 후미를 장악한 뒤였다.

월슨 선장이 경악했다.

"저게 뭐야. 저거 혹시 조선 함대 아냐?"

사살된 부선장의 자리를 갑판장이 대신하고 있었다. 갑판장이 후미로 달려가 망원경으로 한참을 살피다 소리쳤다.

"맞습니다! 조선의 국기를 게양하고 있습니다!"

쾅!

"이런 젠장! 언제 저들이 우리의 후미를 쫓았단 말이야!"

"선장님, 어떻게 할까요? 뒤쫓는 조선 함대는 세 척이고, 전방의 상선도 세 척입니다."

"으음!"

윌슨은 쉽게 결정을 내리지 못했다.

이틀을 추적해 겨우 꼬리를 잡았는데, 그걸 쉽게 포기할 수는 없었다. 그가 잠시 고심하는 동안 상황은 더 악화되었다.

갑판장이 소리쳤다.

"선장님, 조선 함대가 무섭게 다가오고 있습니다! 그리고 저기를 보십시오! 그동안 도망만 치던 조선 상선이 선회를 하고 있습니다!"

놀란 윌슨이 황급히 후미로 뛰어갔다. 그런 그는 엄청난 속도로 달려오고 있는 제주 함대를 보고 깜짝 놀랐다.

"아니, 무슨 배의 속도가 저렇게 빨라?"

갑판장이 발을 굴렀다.

"선장님, 그뿐이 아닙니다. 조선 상선이 우리를 공격하려고 선회를 하고 있습니다."

윌슨은 무시했다.

"무장이 허술한 상선 정도야 별문제 없어."

"아! 아!"

갑판장은 안타까워 탄식했다. 그러나 윌슨 선장은 선회하는 상선은 관심도 없고, 뒤쫓는 제주 함대만이 걱정이었다.

갑판장이 소리쳤다.

"선장님, 빨리 결정을 해 주세요! 싸우든지 철수하든지 말입니다!"

윌슨 선장이 바로 결정했다.

"해보자! 아무리 범선을 타고 있다고 해도 근본은 노란 원숭이일 뿐이야."

갑판장도 내심 바라는 바였다.

"좋습니다. 지금 즉시 전투를 준비하겠습니다."

"그렇게 해."

해적선은 이미 준비를 갖추고 있었다. 그래서 전투 준비는 곧바로 이뤄졌다.

그러나 포격은 상무사 상선이 먼저 했다.

쾅! 쾅! 쾅! 쾅!

상무사 상선에 탑재한 8문의 함포가 일제히 불을 뿜었다. 그것을 본 윌슨 선장이 소리쳤다.

"대응 포격하라! 저들의 포격 능력은 형편없을 터이니, 대대적인 포격으로 맞서라!"

윌슨 선장의 자신감은 이유가 있었다.

이 시대의 함포는 사거리가 짧고 위력도 크지 않았다. 더구나 포가(砲架)가 없어서 반동이 심해, 명중률도 형편없고

개혁군주

동일 타격점에 재포격도 어려웠다.

그리고 포탄도 둥근 포환이어서 운동에너지에 의한 충격이 전부였다. 그래서 포환 몇 발 적중되어도 선체에 충격은 크지 않았다.

특히 조준 능력이 형편없어, 먼 거리에서의 적중률이 특히 조준 능력이 형편없어, 적중률이 아주 낮았다.

그의 장담에 맞게 상무사 상선의 포탄은 전부 바다에 떨어졌다.

펑! 펑! 펑! 펑!

여덟 발의 포탄이 수면을 때리면서 커다란 물기둥을 뿜어 올렸다. 그런데 물기둥의 형태가 이전과 달랐다.

갑판장이 그것을 보고 고개를 갸웃했다.

"선장님, 조선 상선의 포탄 물기둥이 뭔가 이상합니다."

"뭐가 이상하다는 거야?"

"본래 물기둥은 길게 위로 하나만 솟구치지 않습니까? 그런데 저들의 물기둥은 마치 분수처럼 사방으로 뿜어 올리고 있습니다."

분명 형태가 다른 건 맞다. 그러나 윌슨은 그런 정도에 대해서는 별 신경도 쓰지 않았다.

"에이! 그럴 수도 있는 거지. 그런 거 신경 쓰지 말고 제대로 맞추라고 독려나 해."

"아, 알겠습니다."

갑판장은 찜찜했으나 이내 마음을 접었다.

상무사 상선이 쏜 두 번째 포탄도 전부 바다로 떨어졌다.

쾅! 쾅! 쾅! 쾅!

이러는 동안 선회를 마친 해적선 두 척이 처음으로 포격했다. 미국 상선인 해적선은 상선임에도 삼십여 문의 함포가 장착되어 있었다.

미국 상선의 교역로는 엄청나다.

미국 동부 해안을 출발해 남미의 마젤란 해협을 지나서 태평양을 가로지른다. 그 여정은 대개 6개월이어서, 수많은 위험이 도사리고 있었다.

자연재해도 많지만, 해적도 수시로 출몰한다. 그래서 이들의 무장은 여느 상선보다 많았다.

그런 두 척이 쏘아 댄 화포가 집중되었다. 그러나 다행히 단 한 발도 상무사 상선에 명중되지 않았다.

오형인은 무수히 솟구치는 물기둥을 보며 가슴을 쓸어내렸다. 그런 그는 이내 힘차게 소리쳤다.

"적의 함포보다 우리 함포의 위력이 월등하다! 그러나 숫자에 기죽을 필요가 없다! 모두 힘내라!"

"우와!"

그의 부추김에 선원들이 함성을 내질렀다. 함성은 두려움을 떨쳐 내기 위한 방편이었지만, 사기 진작에 나름대로 큰 도움이 된다.

이런 사기 진작이 효과를 나타냈는지, 세 번째 포탄 중 2발이 해적선에 명중했다.

꽈꽝! 우지직! 꽈꽝!

놀라운 일이 일어났다.

해적선을 타격한 포탄이 선체를 박살 내면서 큰 구멍을 뚫었다. 그렇게 뚫린 구멍으로 배가 흔들릴 때마다 물이 쏟아져 들어갔다.

윌슨 선장은 대경실색했다. 그는 선체를 내려다보며 놀라 소리쳤다.

"이게 대체 어떻게 된 거야? 함포의 위력이 얼마나 강력하기에 저렇게 큰 충격을 주는 거야?"

그의 놀라움이 채 가시기도 전에 다시 포격이 이어졌다. 이번에는 쏟아진 포탄 중 한 발이 갑판에 적중되었다.

꽈꽝!

"으악!"

"아악!"

포탄이 적중되면서 폭발과 함께 날카로운 철 조각이 터져 나왔다. 갑판이 순식간에 아비규환이 되었다.

윌슨 선장의 눈은 찢어질 듯 커졌다. 포탄이 폭발한 것도 놀라운데, 내용물이 튀어나와 주변의 승조원들을 찢어발긴 것이다.

윌슨 선장이 놀라 소리쳤다.

"저게 뭐야! 포탄에서 뭐가 저런 게 나와!"

세자는 서양 기술로 대포를 제작하면서, 포탄에 대해서도 많이 연구했다.

둥근 포환 대신 탄두가 뾰족한 철갑탄을 만드는 건 어렵지 않았다.

그런데 폭발하는 고폭탄은 만들기가 결코 쉽지 않았다. 그래서 몇 년의 노력 끝에 가장 기본적인 충격 신관을 만드는 데 성공했다.

그렇게 만들어진 고폭탄에는 탄환이 아닌 철 조각을 집어넣었다. 이렇게 한 이유는 작은 탄환보다 철 조각이 상대적으로 만들기 쉽기 때문이다.

놀랍게도 이런 철 조각이 실전에서는 훨씬 더 강렬하게 작용했다. 폭약과 함께 사방으로 비산한 철 조각은 주변을 썰어 버렸다.

폭심과 그 주변이 초토화되었다.

단 한 번의 타격으로 갑판 상부의 절반이 날아갔다. 물론 제대로 따지면 그 정도까지는 아니지만, 그만큼 파괴력이 대단했고 위치도 절묘했다.

윌슨의 몸이 절로 떨렸다.

"이럴 수는 없어. 대체 저놈들이 포탄에다 무슨 짓을 한 거야."

그가 망연자실하고 있다 해서 전투가 멈춰진 게 아니었다.

아니, 급박한 위기는 더 빨리 목전에 다가와 있었다.

후방을 쫓던 제주 함대가 포격 사거리까지 다가와서는 급속 변침을 시도했다. 그것을 본 갑판장이 놀라 소리쳤다.

"선장님! 저기를 보십시오! 조선 함대가 포격을 위해 선회하고 있습니다!"

윌슨 선장이 놀라 고개를 돌렸다. 그런 그의 시야에 급속히 변침하는 조선 함대가 들어왔다.

그의 눈가가 잘게 떨렸다.

"으음! 벌써 저들이 여기까지 오다니."

"선장님! 어떻게 하면 좋겠습니까?"

"화력이 약한 조선 상선을 먼저 공략하는 게 좋다. 그러니 최대한 다가가 지금처럼 전력을 다해 포격하라."

"예, 알겠습니다."

양측의 포격이 이어졌다.

너울거리는 바다에서 수백여 장 떨어진 적선을 포격하는 일은 지난하다. 그래서 포격은 대개 가장 경험 많은 무관이 맡는다. 해적선인 중국 황후호도, 상무사 상선도 이는 마찬가지였다.

그런데 상무사 상선의 함포가 해적선의 함포와 다른 점이 있었다. 상무사의 함포는 포신을 철로 감싼 포가와 바퀴에 레일이 달려 있었다.

더구나 기어로 포신의 높낮이를 조정할 수 있었다. 이런 차이점이 실전에서는 커다란 격차를 가져왔다.

꽈꽝! 꽈직!

"으악!"

한동안 포격전이 진행되었다.

해적선은 연이어 포격했으나 단 한 발도 제대로 명중시키지 못했다. 반면에 상무사 상선은 한 발씩이라도 착실히 적을 타격했다.

이런 차이가 결정적 역할을 했다.

상무사 상선도 몇 번 타격을 받기는 했다. 그러나 빗맞은 단순 타격이어서 조금의 위해도 없었다.

반면에 지속적으로 포격을 당한 중국 황후호의 선체가 기울기 시작했다. 포격을 당한 선체 쪽으로 물이 쏟아져 들어왔기 때문이다.

아무리 전투 중이라고 해도 배를 침몰시킬 수는 없었다. 더구나 배가 옆으로 기울고 있어서 포격을 할 수도 없었다.

윌슨 선장은 난간을 잡고 소리쳤다.

"서둘러 선체를 보강하고 물을 뽑아내도록 해라!"

십년 이상 배를 지휘해 온 윌슨은 유능한 선장이었다. 그의 지시로 선원들은 전력을 다했으며, 덕분에 기울던 배는 급격히 안정을 찾았다.

이러는 사이 세 척의 제주 함대는 두 척의 해적선을 완전히 포위했다. 그뿐이 아니라 상무사 상선도 처음보다 훨씬 다가와 있었다.

주변을 살피던 윌슨 선장은 탄식했다.

"아! 아! 내가 적을 너무 쉽게 봤구나."

그러나 그는 이내 주먹을 움켜쥐었다.

"그래. 포위가 되었다고 해도 이대로 포기할 수는 없어."

그러면서 선원을 돌아보던 윌슨 선장은 처음으로 주춤했다. 자신을 바라보고 있는 선원들의 표정과 눈은 이미 절망에 물들어 있었기 때문이다.

그 모습을 본 윌슨 선장이 망설였다.

그런 그에게 갑판장이 다가왔다.

"선장님."

윌슨 선장이 갑판장을 바라봤다. 놀랍게도 갑판장은 온몸에 물을 뒤집어쓰고 있었다.

"귀관이 직접 물을 막은 건가?"

"그렇습니다. 구멍이 너무 커서 선원들에게만 맡길 수가 없었습니다."

"고생했네."

"아닙니다. 그보다 선장님, 드릴 말씀이 있습니다."

윌슨 선장은 그가 무슨 말을 하려는지 대번에 짐작했다. 그래서 말을 듣기도 전에 고개를 저었다.

"여기서 그만둘 수는 없어."

"저도 그러고 싶은데, 더 이상 싸울 수가 없습니다. 만일 지금 상황에서 다시 교전을 벌이다 포격을 당한다면 그때는 침몰입니다."

"……."

갑판장이 사정했다.

"아쉽지만 여기서 그만둬야 합니다. 그러지 않으면 우리는 이 배를 잃는 것은 물론이고 목숨도 장담할 수 없게 됩니다."

"……."

월슨 선장은 쉽게 결정하지 못했다. 그런 그의 머릿속에는 온갖 생각이 떠다녔다.

'빌어먹을. 내가 너무 욕심을 부렸어.'

월슨 선장의 표정이 시시각각 변했다.

그런 선장에게 갑판장이 거듭 권했다.

"선장님, 다행히 상대편의 피해는 거의 없습니다. 여기서 그만두면 선원들의 목숨은 구할 수 있습니다. 그러니 그만 백기를 올리도록 허락해 주십시오."

"……."

"선장님, 저들이 다시 포격을 시작하면 그때는 끝장입니다. 저들도 우리에게 결단의 시간을 주고 있는 것을 모르십니까?"

월슨 선장은 찬물을 뒤집어쓴 듯 놀랐다.

"아! 그렇구나. 저들이 포격을 하지 않고 있어."

"예. 우리 배가 기우는 것을 보고는 기다려 준 것입니다."

"아! 아!"

윌슨 선장은 머리를 움켜쥐었다.

한동안 고통스러워하던 그는 이내 자세를 바로 했다.

"갑판장."

조금 전과 달리 냉정한 목소리에 갑판장의 몸은 절로 굳어졌다.

"예, 선장님."

"더 이상의 전투는 무의미하다. 그러니 귀관이 백기를 내걸도록 하라."

"그대로 시행하겠습니다."

오형인은 해적선의 기선이 기울자 포격을 중지시켰다. 그러고는 제주 함대와 보조를 맞춰 해적선을 포위하고는 다음 행보를 기다렸다.

이런 압박이 통했다.

부장이 소리쳤다.

"선장님, 해적선에 백기가 걸렸습니다!"

순간 선원들이 환호했다.

"와! 만세."

"이겼다!"

오형인도 주체할 수 없는 기쁨에 환호에 가담했다. 그러나 그는 이내 냉정을 되찾았다.

"아직 모든 게 끝나지 않았다. 그러니 제주 함대가 해적선을 접수할 때까지 현 위치를 고수하라."

이 지시에 선원들은 이내 차분해졌다. 그러나 모두의 얼굴에는 미소가 한가득 담겨 있었다.

제주 함대는 신속히 움직였다.

기함이 포위를 풀고 해적선으로 다가갔다. 그러고는 보트를 내려 십여 명을 해적선으로 보냈다.

수군들은 해적들의 무장부터 해제시켰다. 이러는 동안 다른 한 척의 해적선으로 보트가 다가가 역시 무장을 해제시켰다.

무장을 해제시킨 수군은 각 해적선의 선장과 지휘관들을 함대로 압송했다. 이어서 몇 척의 보트가 내려지고 수십여 명이 해적선으로 넘어갔다.

그런 조치가 모두 끝나고 해적선의 마스트에 조선 수군 깃발이 걸렸다. 그것을 본 상무사 상선 선원들은 격렬하게 환호했다.

조인영과 김정희도 환호에 가세했다.

이들 두 사람은 생전 처음 경험한 해전의 공포와 승전의 환희를 환호에 모두 담았다. 그러고는 누구보다 큰소리로 목청껏 외쳤다.

"이겼다!"

"우리가 해냈다!"

오형인은 두 사람을 말리지 않았다.

개혁군주

처음 치른 해전에, 표는 내지 않았지만, 온몸이 쑤실 정도로 긴장했다. 그래서 어느 때보다 환하게 웃으며 두 사람을 바라보기만 했다.

그렇게 짧지만 강렬한 해전이 마무리되었다.

❀

제주 해전은 상무사 상선이 여의도에 도착하고서야 알려졌다. 상무사 상선이 귀국하면 재화를 먼저 입고시켜야 해서, 여의도를 먼저 경유한다.

보고를 접한 세자는 크게 놀랐다.

상무사는 지난 몇 년간 막대한 수익을 거두고 있었다. 그런 재화를 노린 해상 범죄가 언젠가 일어날 거라고는 예상하고 있었다.

그래서 서귀포에 해양 함대를 육성하며 만일에 대비해 왔다. 그런 노력이 이번에 결정적 성과를 거둘 수 있었다.

그럼에도 막상 보고를 받으니 생각보다 큰 충격이었다. 다행히 피해가 거의 없다는 보고에 세자의 놀란 가슴이 그나마 진정되었다.

"다행히 피해가 전무하네요."

박종보도 안도하며 보고했다.

"예. 천만다행히도 상무사 상선의 포격이 뛰어난 성과를 거두었다고 합니다. 제주 연안을 상시 순찰하던 제주 함대의 역할도 절묘했고요."

"해전 상황을 상세히 듣고 싶은데, 오형인 선장은 언제 들어오나요?"

"교역 결과를 정리해서 올라와야 하기 때문에, 조금 늦게 입궐하겠다고 했사옵니다."

세자는 당장이라도 불러들이고 싶었다. 그러나 천은 백여만 냥이란 막대한 재화를 그냥 두고 오라 할 수는 없었다.

아쉬워하며 보고서를 접은 세자가 다른 서류를 집어 들었다. 보고서에는 '상무사 본관 건립 공사'라는 표지 글이 적혀 있었다.

세자가 확인했다.

"상무사 본관 착공 준비는 잘되어 가고 있지요?"

"물론입니다. 벌써 터 다지기가 시작되었습니다."

"장마가 문제가 되지는 않겠지요?"

박종보가 자신했다.

"그 점은 걱정하지 않으셔도 됩니다. 제방이 완공된 이후, 여의도에는 침수 지역이 없어졌습니다. 더구나 본관이 들어설 곳은 여의도의 중심이어서 전혀 문제가 되지 않습니다."

"그렇다면 다행이고요."

지난 3년 동안 조선은 크게 변화하고 있었다.

세자의 지시로 보부상 공장이 들어선 곳에 공단이 건설되었다. 공단에는 보부상 공장을 비롯해 제지 공장과 인쇄 공장, 방직 공장 등이 속속 들어섰다.

그동안 이백여 대의 증기기관이 들어왔다.

도입된 증기기관은 공단은 물론 전국의 광산과 제철소에 두루 배치되었다. 증기기관이 동력원이 되면서 공장 생산량과 광산 채굴량은 획기적으로 증대되었다.

제지 공장과 인쇄 공장이 가동하면서 서적 발간이 폭발적으로 늘어났다. 세자는 상무사 수익 중 일부를 풀어 경전을 간행해 무상으로 배포하며 인쇄업 발전에 기름을 부어 주었다.

특히 각 가문이 보관하고 있던 문집과 족보 간행이 유행처럼 번져 나갔다. 그로 인해 보수적인 지방 유림의 개혁에 대한 시각이 크게 바뀌었다.

제철 공업도 크게 성장했다. 처음과 달리 상당량의 강재를 생산해 공업 발전의 기틀이 되고 있었다.

황산 제조법도 적극 활용되면서 화학 공업의 기반도 조성되었다. 다양한 공작 기계의 도입으로 기계 공업도 빠르게 자리를 잡아 가고 있었다.

이 모두가 아직은 초기 단계다.

배워야 할 내용도 많고 거쳐야 할 단계도 하나둘이 아니다. 그럼에도 참여하는 장인들과 직원들은 하나같이 열정적이었다.

다행인 것은 네덜란드 동인도회사가 모든 부분에 도움을

주고 있다는 점이었다.

네덜란드 동인도회사는 지난해에 끝내 해산되었다. 해산된 직원 대부분은 본국으로 귀환하지 않았다. 그 대신 합심해 바타비아에 본거지를 둔 화란양행(和蘭洋行)이란 무역회사를 설립했다.

네덜란드사람들은 자신들의 회사가 해산될 것을 예상하고 있었다. 그래서 화란양행이 설립되자마자 교역 부분을 빠르게 장악했다.

상무사도 이들의 안착에 도움을 주었다. 상무 협상대로 기존처럼 중개 무역을 전부 인정해 주었다.

공동 투자한 주석 산지인 방카섬의 계약도 화란양행으로 이전했다. 여기에 칼리만탄섬의 목재 채취와 바타비아 조선소의 지분도 절반을 넘겨받았다.

이런 도움으로 화란양행은 창업과 동시에 급속히 안정되었다. 덕분에 상무사의 대외 교역 활동은 이전보다 더 탄력을 받고 있었다.

세자가 서류를 넘기며 흡족해했다.

"화란양행이 도와주는 덕분에 갈수록 수익이 늘어나고 있네요."

박종보도 적극 동조했다.

"그러게 말입니다. 저들은 고생했겠지만, 우리에게는 화란양행 설립이 오히려 큰 도움이 되고 있사옵니다."

개혁군주

"맞아요. 대외 교역이 이대로 성장한다면 우리가 추진하는 개혁에 막대한 도움이 될 거예요. 그리고 인도와의 직교역도 서둘러야 합니다."

"그 문제는 화란양행과 적극 협의해 보겠습니다."

"그러세요. 그리고 육군과 수군 무관학교 교사 건립도 최대한 서둘러야 합니다. 내년부터 무관 후보생을 정식 선발하게 되었으니까요."

박종보가 자신 있게 대답했다.

"그 부분은 제가 직접 챙기겠습니다. 그런데 조정에서 무관학교 설립을 승인할 줄 몰랐습니다."

"아바마마의 용단 덕분이지요. 그리고 병력이 증가하면서 늘어난 무관의 수요를 감당하기는 어려운 게 현실이고요."

"그래도 무과를 폐지하면서 무관학교를 설립하는 건 너무 과하지 않습니까?"

세자가 고개를 저었다.

"그렇지 않아요. 우리 군은 지난 몇 년간 환골탈태했다 할 정도로 변했어요. 그런 군을 지휘하려면 지금의 무과만으로는 감당하기 어려워요. 기존의 무관은 솔직히 자질도 별로고요. 그런저런 문제를 해결하기 위해서는 무관학교를 통한 인재 양성이 최고예요."

이원수가 적극 동조했다.

"저하의 말씀이 옳습니다. 지금의 군을 지휘하려면 무관들이 교육을 다시 받아야 합니다. 그럴 바에야 무관학교를 통한 무관 양성이 좋습니다. 그리고 무관학교에 입교하기 위해서는 무과에 버금가는 시험을 치러야 합니다. 그런 과정에서 능력이 없는 자들은 절로 걸러질 겁니다."

세자도 동조했다.

"잘 보셨어요. 무관학교에 입학했다고 해서 모든 인원이 임관되는 건 아니에요. 2년의 교육 기간 동안 상당수 인원이 탈락할 거예요. 그리고 무관학교에 이어 준무관학교도 개교해서 무관을 보좌하게 만들 거예요. 그렇게 되면 우리 군의 전투능력은 더 한층 배가될 거고요."

이원수가 큰 관심을 보였다.

"준무관이란 직급이 새로 만들어진단 말씀이군요?"

"그래요. 군을 효율적으로 운용하기 위해서는 무관과 일반 병사를 잇는 중간 조직이 있어야 해요. 그게 준무관이지요. 준무관이 병영의 살림을 챙기게 되면 병영을 효율적으로 운용할 수 있어요."

세자가 준무관이 맡게 될 임무와 역할에 대해 설명했다.

그 말을 들은 이원수가 바로 동조했다.

"그런 역할이라면 당장이라도 도입해야 합니다. 그런데 무관보다 훨씬 많은 인력이 필요할 터인데, 그 많은 인원을 어떻게 선발하실 것이옵니까?"

"우선은 일반 병사 중에서 선발해야겠지요. 훈련도감 병사들은 군 경력이 많잖아요. 장용영도 이제는 경력자들이 상당히 늘었고요. 그들 중 지원자를 선발해 교육을 시킬 생각이에요."

"그렇게 양성한다면 장용영과 훈국 병력이 전부 준무관이 되지 않겠사옵니까?"

세자가 크게 고개를 끄덕였다.

"역시 좌익위께서는 군대 문제에 대해서 잘 아는군요. 맞아요. 지금 당장은 어렵겠지만, 머잖아 징병 제도가 시행될 거예요. 나는 그때를 대비해 장용영과 훈련도감 병력을 전부 준무관 간부로 만들 계획이에요."

이원수가 즉각 동조했다.

"좋은 계획입니다. 저하께서 재편한 군 편성표에 보면 간부들이 삼할 정도입니다. 만일 사만여 병력이 전부 간부가 된다면, 언제라도 십오만 병력을 충원할 수 있겠사옵니다."

"맞아요. 그리고 그 숫자도 최선은 아니어서, 적당한 시기를 봐서 준무관을 정식으로 선발해야 할 거고요."

"그렇게 하면 충원에 큰 문제는 없겠군요."

세 사람은 이때부터 군에 대해 여러 의견을 나눴다.

그런 대화가 끝날 무렵 박종보가 다른 말을 꺼냈다.

"저는 요즘 종로 운종가(雲從街)를 지날 때마다 눈을 어디에 둘지 모를 정도입니다."

세자가 웃었다.

"하하! 왜요? 건물이 너무 많이 들어서고 있어서요?"

"예. 운종가는 하나둘이 아니라 무더기로 바뀌고 있습니다. 그래서 운종가 일대가 딴 세상으로 변했다는 소문까지 날 정도입니다."

세자가 고개를 갸웃했다.

"그런 소문은 처음 듣네요."

"그러실 겁니다. 그런 소문이 요즘 들어 급속히 번지고 있으니까요. 지난해부터 벽돌식의 이 층 삼 층 건물이 간간이 지어졌는데, 요즘은 경쟁하듯이 지어지고 있습니다. 업무 때문에 그 길을 수시로 지나가는 저도 놀랄 정도로요."

세자는 크게 만족했다.

"좋은 현상입니다. 일 층뿐이던 운종가가 이삼 층으로 바뀌는 건, 그만큼 한양이 발전하고 있다는 의미겠지요."

"그건 그렇습니다. 공산품이 쏟아지면서 운종가에 사람들이 이전보다 훨씬 많아졌습니다."

전국 각지에 공단이 들어서면서 많은 변화가 있었다. 그런 변화의 중심은 단연 한양이었다.

한양이 처음 건설될 당시에는 도로변에 2층 건물도 꽤 많았다. 그러다 온돌이 정착되면서 난방이 어려운 2층 건물은 대부분 사라졌다.

그러던 한양이 바뀌고 있었다.

변화는 세자가 도입한 벽돌 건물과 북방식 벽난로, 그리고 청동판 지붕이 가져왔다.

세자는 장용영 막사를 개조하면서 벽돌 건물을 도입했다. 2, 3층으로 지어지는 주요 건물의 지붕에는 기와 대신 동판을 얹었다.

청동은 구리와 주석의 합금이다.

조선에서 주석은 구리보다 귀하다. 그래서 의외로 청동 제품이 비싸다. 세자는 이런 문제점을 화란양행과 합작으로 풀어냈다.

상무사와 화란양행의 합작으로 개발된 방카섬은 섬 전체가 주석 산지다. 그래서 주석을 광부가 채광하는 게 아니라 누구나 체로 걸러내도 될 정도였다.

워낙 많은 매장량 덕분에 막대한 양을 들여올 수 있게 되었다. 이렇게 들여온 주석은 주화 발행은 물론 공업 발전에 큰 도움이 되고 있었다.

덕분에 청동판도 지붕재로 대량 공급할 수 있었다. 이러한 동판 지붕의 가벼움과 북방식 벽난로의 효율성이 민간에 알려졌다.

이전이나 지금이나 한양 도심의 땅값은 비싸다. 그런 도심에 단층보다는 2층이, 2층보다는 3층의 효율이 좋은 건 너무도 당연했다.

운종가의 시전 상인들은 자본가들이다.

이들은 벽돌 건물의 장점도 대번에 알아봤다. 그래서 누가 권하지도 않았는데 스스로 벽돌 건축과 벽난로를 알아서 도입했다.

그 바람에 운종가 일대에는 2, 3층 건물이 급속히 자리 잡아갔다. 이런 운종가의 변화를 본 다른 지역에서도 속속 2, 3층 건물을 짓게 되었다.

세자는 이를 적극 지원했다.

상무사를 통해 벽돌 공장 설립을 지원했다. 벽난로도 기본 형태를 책자로 만들어 무료로 배포했으며, 청동 판재도 최대한 싸게 공급하고 있었다.

이원수가 탁자에 놓인 등잔을 가리켰다.

"저는 무엇보다 이 등잔이 보급된 게 너무 좋습니다. 과거에는 일렁이는 촛불 때문에 밤에 업무를 보는데 상당한 지장을 받았었습니다. 값도 많이 비쌌고요. 그런데 이 등잔이 보급되면서부터 그런 어려움이 없어졌습니다. 밝기도 촛불에 비할 수 없을 정도로 밝고요."

세 사람이 바라보는 등잔은 호롱을 유리로 덮은 형태였다.

등잔은 이전에도 존재했다.

값비싼 초를 사기 어려웠던 백성들은 콩기름 등을 이용해 불을 밝혀 왔다. 그러나 이런 기름은 값이 비싸 백성들이 제대로 활용하지 못했다.

그러다 유리가 생산되고 석탄 기름이 보급되면서 사정이 달라졌다. 보부상에 의해 보급된 유리 등잔과 기름은 조선의 밤을 점차 바꾸고 있었다.

세 사람이 현안을 논의하고 있을 때 밖이 술렁였다. 이원수가 자리에서 일어났다.

"무슨 일인지 나가보겠습니다."

그러나 문이 먼저 열렸다.

"저하! 상무사 오형인 선장과 유생들이 도착했사옵니다."

세자가 반색을 했다.

"어서 들라 하라."

잠시 후.

세 사람이 안으로 들어왔다. 세자가 그들을 보자마자 안부부터 물었다.

"어서들 오세요. 어디 다친 곳은 없나요?"

오형인이 대답했다.

"다행히 다친 사람은 아무도 없사옵니다."

"어서들 자리에 앉으세요. 어떻게 된 일인지 경과를 듣고 싶네요."

오형인이 자리에 앉으면서 설명을 시작했다.

"일은 우리 선단이 청국 광주를 출발한 다음 날부터 시작되었습니다."

그의 설명은 한동안 이어졌다. 그러다 전투가 벌어진 상황에서는 몇 번이고 탄성이 터져 나왔다.

그런 설명을 듣던 세자가 놀랐다.

"해적선이 미국 상선이었다고요?"

"예. 놀랍게도 저희처럼 청국과 교역하던 상선이었습니다."

박종보가 놀라워했다.

"미국 상선이 왜 해적질을 했단 말이오?"

"그들의 말로는 우리 때문이라고 하더군요."

"뭐요? 우리 때문이라고?"

"예. 우리가 교역하기 전만 해도 청국의 인삼 시장을 자신들이 독점했다고 합니다."

오형인이 미국 상선이 해적질을 한 까닭을 설명했다. 설명을 들은 이원수가 어이없어했다.

"자기들 수익이 떨어졌다고 해적질을 하다니. 무슨 그런 경우가 있단 말입니까?"

세자가 나섰다.

"외국과의 교역은 소리 없는 전쟁이라고도 합니다. 자신들이 장악하고 있는 시장을 우리에게 빼앗겼다는 생각 때문에 오판한 것 같네요."

박종보가 우려했다.

"문제네요. 앞으로도 이런 일이 반복될 수 있다는 의미가 아니옵니까?"

"대외 교역은 언제나 위험을 안고 해야 합니다. 그래서 늘 충분한 준비는 해야 하고요. 그보다 두 분은 첫 해외여행인데 걱정이 많았겠어요."

개혁군주

조인영이 대답했다.

"솔직히 많이 두렵기는 했습니다. 그래도 오 선장님이 몇 번이고 다독여 주신 덕분에 버틸 수가 있었습니다."

김정희의 대답이 이어졌다.

"두려웠지만 좋은 경험을 했사옵니다. 소인들이 언제 해전을 경험하고 해적들을 상대해 보겠습니까? 그리고 상무사가 해전을 각오하면서 대외 교역을 하고 있다는 사실도 알게 되었고요."

조인영도 거들었다.

"맞습니다. 이런 사실을 일반 백성들이 알게 된다면 상무사를 다시금 바라볼 것입니다."

세자가 주의를 주었다.

"해전이 벌어진 사실이 알려지면 좋지 않을 거 같아요. 미국 상선이 해적질을 했다는 사실 또한 알려지면 역효과가 날 수도 있어요."

이원수가 고개를 갸웃했다.

"저하! 상선이 노략질을 했습니다. 일부러 소문을 내서라도 경각심을 심어 줘야 하지 않을까요?"

"그렇지 않아요. 국제 관계는 이해가 물고 물립니다. 오늘의 동지가 내일의 적이 될 수가 있지요. 그래서 이런 사실이 알려지는 게 꼭 좋다고 볼 수는 없어요."

나이는 어리지만 세자의 경륜은 모두가 인정하고 있었다.

그런 세자의 발언에 누구도 이의 없이 고개를 숙였다.

"명심하겠습니다."

오형인이 서류를 건넸다.

"해적에게 노획한 물품입니다."

세자가 서류를 넘기다 놀랐다.

"아니, 이 정도 금액이면 상당한데, 이것도 부족하다고 탐욕을 부렸다는 거예요? 더구나 녹차와 홍차도 이렇게 많은 물량인데. 어이가 없네요."

"이전에 올린 수익이 워낙 많았나 봅니다. 그래서 그 정도로는 양에 차지 않았던 것 같습니다."

박종보가 어이없어했다.

"어이가 없네요. 이전에 대체 얼마나 많은 수익을 올렸기에 천은 몇만 냥이 양에 차지 않는단 말입니까?"

오형인도 씁쓸해했다.

"그러게 말입니다. 우리가 진출하기 전에는 돈을 쓸어 담았던 것 같습니다."

세자가 대강을 짐작했다.

"미국이란 나라는 건국한 지 얼마 되지 않았어요. 그런 나라에 천은 수십만 냥은 큰 도움이 되었을 거예요. 더구나 그들이 즐겨 마시는 차도 마찬가지 알 거고요."

박종보도 동조했다.

"맞습니다. 우리도 대외 교역으로 나라가 바뀌고 있는데,

개혁군주

미국도 분명 그러했을 겁니다."

세자가 정리했다.

"자! 그만들 일어나세요. 이번 일만큼은 아바마마께 보고를 드려야겠어요. 그러니 세 분은 나를 따라오세요."

상무사의 업무 방식도 바뀌었다.

업무가 많아지고 교역량도 늘어나면서 부서가 대폭 증대되었다. 그리고 일반 업무는 국왕에게 별도로 하지 않았다.

그 대신 분기별로 상세 보고를 하게 되었다. 그러나 세금만큼은 이전처럼 매달 납부했다.

매달 천은 수십만 냥씩 납부하는 세금으로 조정은 면모를 일신했다. 가장 큰 변화는 월급으로 명칭을 바꾼 녹봉이 현실화되었다.

월급이 현실화되면서 관리들은 월급만으로도 생활이 가능했다. 그 대신 비리가 적발되어 파면되면 특별 사면이 아니면 복직이 불허되었다.

신상필벌이 분명해진 것이다.

조정 관리들은 이전보다 훨씬 더 몸조심을 하게 되었다. 덕분에 부정부패가 줄어든 것은 물론이고 업무 능률도 배가되었다.

경아전도 월급이 지급되었다.

풍족할 정도는 아니지만 생활은 가능할 정도가 되었다. 이렇게 되자 이들이 저지르던 부정부패가 대부분 자취를 감추게 되었다.

월급만으로 전부 막을 수는 없다. 그러나 이전처럼 대놓고 저지르는 비리 행위는 자취를 감추었다.

이렇게 된 데에는 경아전들의 전폭적인 협조가 큰 몫을 했다.

아전들은 녹봉이 없었다. 그래서 먹고살기 위해서는 어쩔 수 없이 공물을 눈치껏 뜯어먹어야 했다. 이런 현실을 좋아하는 아전들은 아무도 없었다.

그래서인지 놀라운 일이 일어났다. 월급 지급과 동시에 처벌도 강력해졌지만, 아전들 스스로가 자정(自淨)했다.

비리가 전부 없어지진 않았다. 근본적으로 탐학한 자들의 욕심까지 완전히 없앨 수는 없었기 때문이다. 그러나 대부분은 업무 행태 자체가 완전히 달라질 정도로 변했다.

아쉽게 지방 조직까지 손대지는 못했다. 세수는 충분하지만, 아직은 조정이 지방행정을 전부 장악할 역량이 부족했기 때문이다.

그래서 먼저 시범 사업을 실시하기로 했다. 시범 지역은 경기도가 선정되었으며, 내년부터 아전들의 월급 지급과 함께 행정 조직도 개편하기로 했다.

이렇듯 윗물이 맑아지면서, 그토록 바라던 지방 조직 개편이 본격화되고 있었다.

상대의 허점을 이용하라

이 무렵 국왕은 경희궁에 머무르고 있었다. 그 바람에 세자도 왕실도 전부 이어해 있었다.

서궐로도 불리는 경희궁은 본래 정식 궁궐이 아닌 왕자의 저택이었다. 그런 저택을 광해군이 왕기가 흐른다고 하여 몰수해 별궁을 건설했다.

건설된 별궁은 경덕궁(慶德宮)이었다. 그것을 영조가 원주인인 정원군의 시호와 음이 같다고 해서 경희궁(慶熙宮)으로 고쳤다.

경희궁은 창덕궁과 달리 지형지물을 최대한 활용해 지어졌다. 거기다 저택을 궁으로 만들다 보니, 외전이 내전보다 안쪽에 자리하고 있었다.

숙종은 경희궁에서 탄생했다.

그런 숙종은 즉위하자마자 경희궁을 대대적으로 증축했다. 그로 인해 궁역이 경복궁에 버금갈 정도로 넓어졌으며, 전각도 백여 채나 들어섰다.

넓어진 경희궁을 숙종과 뒤를 이은 경종이 애용했다. 선왕도 치세의 절반 이상을 지낼 정도로 경희궁은 정궁 역할을 했다.

현 국왕도 경희궁에서 즉위했다.

그러나 경희궁과는 악연이 있었다. 즉위하고 얼마 지나지 않아 자객 난입 사건이 일어난 것이다.

국왕은 즉위 전후로 살해 위협에 시달려 왔다. 그래서 세손 시절부터 거의 매일 독서를 하며 밤을 지새워야 했다.

이런 습관은 즉위하고도 이어졌다. 그 바람에 한밤중에 지붕을 넘던 자객을 직접 찾아내기도 했다.

천우신조로 목숨을 구하였다.

국왕은 이 사건을 기회로 즉위를 반대했던 세력들을 일거에 쓸어냈다. 그리고 정이 떨어진 경희궁을 나와 지금까지 창덕궁에서 머물렀다.

그러던 국왕이 몇 개월 전부터 경희궁에서 지내고 있었다. 그만큼 왕권이 안정되었으며, 국왕의 자신감도 충만해졌다는 의미다.

국왕은 경희궁 편전인 흥정당(興政堂)에서 한가로이 독서를

개혁군주

하고 있었다.

"오! 세자가 이 시각에 어인 일이냐?"

"상무사 일로 보고드릴 사안이 있어서 찾아뵈었습니다."

국왕이 용안을 크게 떴다.

"상무사의 업무는 분기별로 하고 있는데, 그 일로 찾아왔다니. 상무사에 무슨 일이 생긴 것이냐?"

"귀환하다 해적과 조우했다고 합니다."

해적이란 말에 국왕이 깜짝 놀랐다.

"뭐라고? 해적이라니. 그럼 우리 상선이 피해를 봤다는 게냐?"

"다행히 무사히 격퇴했다고 하옵니다."

"허어! 불행 중 다행이구나."

"상선 선장과 교역에 동행한 유생 두 명이 함께 왔습니다. 자세한 사정은 그들에게 들어보시지요."

"오냐. 그들을 들어오라고 해라."

기다리고 있던 상선이 밖으로 나가 세 사람을 데리고 들어왔다. 안으로 들어온 사람들은 국왕에게 큰절을 했다.

국왕이 모두를 위로했다.

"큰일을 당할 뻔했구나. 어떻게 된 상황인지 소상히 말해보도록 해라."

"예, 전하."

오형인이 다시 당시 상황을 상세히 전했다. 국왕은 설명이 끝날 때까지 묵묵히 고개만 끄덕였다.

"피해가 없다니 다행이구나."

"천운이었사옵니다. 그리고 세자 저하께서 개발하신 포탄이 승전에 큰 몫을 담당했사옵니다."

"그렇구나. 그런데 미국 상선이 해적질을 할 정도라면 저들의 사정이 만만치 않다는 말이구나."

세자가 대신 대답했다.

"본국이 대외 교역을 시작한 이후 미국의 인삼 수익이 급격히 감소했다고 하옵니다. 그러던 중 금년에는 작황까지 좋지 않았는데, 가격도 우리 때문에 올려 받지 못해 상당한 손해를 봤다고 하고요."

"그렇구나. 그러면 해적들은 어떻게 조치했느냐?"

"두 척의 해적선을 제주의 서귀포로 나포했사옵니다."

"해적들은 어떻게 처리하려고 하느냐?"

세자가 냉정하게 정리했다.

"해적은 극악한 범죄입니다. 만일 저들의 도박이 성공했다면, 우리 상선에 타고 있던 승조원들은 몰살되었을 겁니다. 그런 해적에게 온정을 베풀 필요가 없습니다."

국왕이 놀라 반문했다.

"전부 사형시키자는 말이냐?"

"전부는 아닙니다. 군사 재판에서 경중을 따져 봐야겠지만, 선원들까지 사형시킬 필요는 없을 거 같습니다. 그렇다고 해도 누구도 돌려보내서는 안 됩니다."

국왕의 용안이 흐려졌다.

"형기를 마쳐도 말이냐?"

"그러하옵니다. 만일 저들을 돌려보내면 대외 교역에 두고두고 문제가 될 수 있사옵니다."

오형인도 동조했다.

"해적질을 한 자들을 풀어 주는 나라는 어디도 없사옵니다. 만일 일정 기간 구속했다 풀어 주게 되면, 돌아가서 반드시 자신들이 유리한 말만 하게 되어 있사옵니다. 그리되면 거꾸로 우리가 저들을 공격했다는 누명을 쓸 수도 있사옵니다."

"은혜를 원수로 갚는단 말이냐?"

"그러하옵니다. 청국 광주에는 우리의 교역을 불편하게 바라보는 나라들이 꽤 많습니다. 만일 저들이 돌아가 우리를 호도한다면, 그런 나라들이 대번에 연합해 우리를 공격해 올 수도 있사옵니다. 그게 아니라면 교역 자체를 막아 버릴 수도 있고요."

국왕이 침음했다.

"으음! 믿을 수가 없구나. 정당한 거래를 어찌 불편하게 바라본단 말이더냐."

세자가 나섰다.

"지금까지 대외 교역은 오로지 서양의 몫이었습니다. 청국도 일본도, 그리고 우리도 쇄국 정책을 고수해 왔으니까요. 그러다 우리 상무사가 교역에 뛰어들면서 상황이 달라졌

상대의 허점을 이용하라 207

습니다. 그런데 서양은 우리와 경쟁할 수가 없습니다. 우리의 주력인 홍삼과 인삼이 저들에게는 없는 품목이니까요. 새롭게 만들어지는 공산품도 마찬가지입니다."

"그거야 네가 서양과의 관계를 고려해 일부러 그렇게 만든 거 아니냐."

"그렇사옵니다. 소자는 처음부터 서양의 추악한 탐욕을 경계해 왔습니다. 그래서 서양과의 주요 교역을 화란양행에 대행시키는 것이고요. 만일 우리가 화란양행의 도움을 받지 않았다면 상당히 곤혹스러운 경험을 겪어야 했을 것입니다."

국왕이 다시 침음했다.

"으음!"

오형인이 부언했다.

"서양 상인들은 이익을 위해서는 무슨 짓이라도 할 수 있는 자들입니다. 만일 저들과 같은 물건을 팔려 했다면, 우리 상무사는 바로 도태되고 말았을 겁니다."

국왕이 고개를 끄덕였다.

"지켜 낼 수 없는 보물은 화근일 뿐이지."

"그러하옵니다."

국왕이 잠시 고심했다.

"그러면 저들을 어떻게 처리해야 좋겠느냐?"

세자가 대답했다.

"죽이지는 못하더라도 세상과 완전히 격리해야 합니다.

소자의 생각은 북방의 오지로 보내 노역을 시키는 게 가장 좋을 듯하옵니다."

국왕이 결정했다.

"알았다. 제주 함대 군사 법정의 판결이 나오는 대로 그렇게 조치하마."

"황감하옵니다."

오형인이 몸을 숙였다.

"그리고 노획한 물품이 상당하옵니다. 이 물품과 해적선은 어떻게 처리하면 좋겠사옵니까?"

국왕이 세자를 바라봤다.

"세자는 어떻게 처리했으면 좋겠느냐?"

세자가 주저 없이 대답했다.

"상무사는 지금까지 신상필벌의 원칙을 지켜 왔습니다. 이번 일도 거기에 맞춰 포상하였으면 좋겠습니다."

국왕도 동조했다.

"좋은 생각이다. 해전에서 승리했으니 거기에 맞는 포상을 해야겠지. 그런데 포상하는 데도 세심하게 신경을 써야 한다. 조금의 불평불만이 없게 만들어야 한다는 점을 명심해라."

"명심하겠사옵니다."

"해적선은 어떻게 했으면 좋겠느냐?"

"보고에 따르면 해적선들은 판옥선보다 조금 큰 사백여 톤라고 하옵니다. 그런데도 선형이 날렵해 겉으로 보기에는 두 배 정도로 보인다고 하옵니다. 대포도 삼십여 문이나 장착되어 있고요.”

조선은 도량형을 바꾸지는 않았다.

그러나 시계처럼 군에서는 서양식 도량형이 일부 도입되어 있었다. 그래서 세자가 선박의 크기를 톤으로 설명하고 있었다.

“상당히 잘 만들어진 배란 말이구나.”

“그러하옵니다. 그래서 소자는 두 척의 해적선을 전면 개장해서, 내년에 개교하는 수군무관학교의 훈련용 범선으로 사용했으면 하옵니다.”

국왕이 반색을 했다.

“그거 아주 좋은 생각이구나. 해적선을 개조했다는 상징적인 의미도 있으니, 수군무관학교가 사용하기에는 그만이겠다.”

오형인이 조심스럽게 문제를 제기했다.

“해적선을 개장하면 화란양행이 알게 되옵니다. 그러면 이번 해전을 숨기려는 의도가 수포로 돌아가지 않겠사옵니까?”

세자가 고개를 저었다.

“그 부분은 신경 쓰지 않아도 돼요. 지난해 바타비아로 연수받으러 갔던 선장(船匠) 오십여 명이 이번에 귀환하게 돼요. 그렇게 되면 지난번에 연수받았던 인원까지 백여 명이어서, 선박 개장 정도는 화란양행의 도움을 받지 않아도 될 거예요. 그리고 국내에는 어차피 소문이 나게 되어 있어요.”

개혁군주

"그건 그렇습니다."

국왕이 나섰다.

"무관학교 건설은 어떻게 진행되고 있느냐?"

"이미 부지 조성은 끝냈사옵니다. 외숙께서 공사를 전담하고 계시니 차질 없이 진행될 것이옵니다."

"다행이구나. 조정에서 무관학교에 대한 우려도 많고 기대도 많다는 걸 알거다. 그런 무관학교가 제대로 운영된다면 군정 개혁의 결정적 걸림돌이 제거된다는 점을 명심해야 한다."

"아바마마의 성려를 소자는 잘 아옵니다. 무관학교는 분명 성공적으로 정착하게 될 것이옵니다. 그리고 무관도 양성해야 하지만, 부대 살림을 맡아야 할 준무관도 시급히 양성해야 하옵니다. 그래서 준무관학교도 개교해서 중간 간부를 대거 양성하였으면 하옵니다."

세자가 준무관의 역할과 선발 방식에 대해 설명했다. 설명을 들은 국왕이 격하게 동조했다.

"아주 좋은 계획이다. 장용영과 훈련도감 병력은 우리 조선에서 경험이 가장 많다. 그런 병력을 적극 활용한다면 군의 전력 증강에 큰 도움이 될 것이다."

"아바마마께서 윤허해 주신다면 준무관의 양성을 바로 실시했으면 하옵니다."

국왕이 예산 부족을 우려했다.

"일반 병사가 준무관이 되면 거기에 맞춰 급여도 인상해야 하지 않겠느냐? 그렇게 되면 군비 부담이 대폭 늘어날 터인데 괜찮겠느냐?"

세자가 고개를 저었다.

"충분히 감당할 수 있사옵니다. 요즈음 청국과 광주에 있는 외국 상인과의 교역이 대폭 증대되었습니다. 그렇게 거래되는 물량이 매월 천은 백여만 냥에 육박하옵니다. 여기에 화란양행이 대행하는 서양과의 교역과 남방 교역에서의 거래량도 천은 수십만 냥이고요."

국왕의 안색이 밝아졌다.

"맞다. 요즘 들어 교역량이 크게 늘기는 했다."

"그뿐이 아닙니다. 부평과 평안도 운산을 비롯한 각지의 광산에서 채굴되는 금은의 양도 상당하옵니다."

국왕이 거듭 고개를 끄덕였다.

"맞다. 광산도 있었지."

"예, 아바마마. 그러니 군비 문제는 조금도 걱정하지 않으셔도 되옵니다. 그리고 이제부터는 기병을 적극 양성하려 하옵니다."

국왕의 용안이 조금 커졌다.

"기병을 별도로 모집하겠다는 말이냐?"

"훈련도감에는 천여 명의 별부료 기병이 있사옵니다. 장용영에도 이천여 명의 기병이 있고요. 그러나 이 정도 규모는 너무도 작사옵니다. 소자는 그래서 적어도 군단 정도의 기병을 육성했으면 하옵니다."

부자는 그동안 다양한 주제로 많은 대화를 나눠 왔다. 그랬기에 세자가 기병을 양성하려는 까닭을 어렵지 않게 짐작했다.

그러나 군단 규모는 생각 밖이었다.

"으음! 기병군단이라니, 기병을 수만 명이나 양성하겠다는 말이더냐?"

"그렇사옵니다. 본국의 군사 체계는 본래 기병 중심이었사옵니다. 그런 병력 운용이 임진왜란을 겪으면서, 명나라의 군사 체계가 도입되며 보병 중심이 되었고요. 문제는 명나라의 군사 편제는 인구가 많고 땅이 넓은 상황에서의 수성 전략이어서 본국에는 맞지 않다는 데 있사옵니다."

국왕은 군사전략에도 해박했다. 그래서 세자가 지적하는 문제점을 누구보다 잘 알고 있었다.

그러나 기병 양성은 의지만으로 되는 일이 아니었다.

"네 말이 옳다. 《기효신서》의 군사 체계가 철저하게 명나라 중심인 것은 사실이다. 그러나 기병 양성은 말처럼 쉬운 일이 아니다. 군단 규모의 기병 병력을 위해서는 십만여 필의 군마가 필요하다. 그리고 기마술을 능숙하게 수련하기 위해서는 장병들이 각고의 노력도 해야 한다. 대규모 말 목장도 당연히 필요할 것이고. 이런 문제는 자금만 있다고 해서 해결되는 일이 아니다."

"소자도 문제를 모르지 않사옵니다. 하오나 부국강병을

위해 기병 양성은 필수이옵니다."

"과인도 모르지 않다. 그러나 바탕이 워낙 부실해 계획을 세우는 일조차 버겁구나."

세자가 자신했다.

"기병 양성 방법은 소자가 챙겨 보겠사옵니다. 하오니 그 일을 소자에게 맡겨 주시옵소서."

국왕이 윤허했다.

"허허! 그래. 한번 해 봐라. 허나 너무 무리하지는 마라."

"예, 아바마마."

국왕이 결정했다.

"과인이 서 대장과 장용영 대장을 불러 준무관의 양성에 대해 지시해 놓을 터이니, 그들 두 사람과 협의하여 일정을 정하라."

"황공하옵니다."

세자가 인사를 하고 편전을 나왔다.

국왕은 그 즉시 두 부대의 장을 불렀다.

이전이었다면 군 문제에 대해 국왕이 적극적으로 나서지 못했다. 조정 대신들의 은근한 견제와 비협조 때문이었다.

그러나 정국이 안정되고, 세자로 인해 경제가 활성화되면서 사정이 달라졌다. 친위군인 장용영을 적극 육성하는 것은 물론, 군정을 직접 챙기면서 군의 개혁을 주도하고 있었다.

두 병영 대장이 곧바로 입궐했다. 이 무렵 훈련도감은 국왕의 최측근인 서유대가, 장용영은 외척인 김기후(金基厚)가 맡고 있었다.

김기후는 국왕의 장인인 김시묵의 아들이다. 비록 문관이었으나 입이 무겁고 청렴해, 국왕이 특별히 장용영을 맡기고 있었다.

국왕은 두 사람에게 세자가 제안한 준무관의 육성에 대해 설명했다. 자신들의 휘하 병력을 간부로 양성하겠다는데 싫어할 지휘관은 없다.

두 사람은 격하게 반겼다.

국왕이 웃으며 하교했다.

"허허허! 두 사람이 이렇게 반길 줄은 몰랐소. 그 문제에 대해서는 세자와 논의를 하도록 하시오."

"그렇게 하겠사옵니다."

두 사람은 편전을 나와 동궁인 집희당(緝熙堂)으로 건너갔다. 경희궁의 동궁은 창덕궁과 달리 본전이 이중의 행랑으로 둘러싸여 있었다.

김 내관이 두 사람을 보고 몸을 숙였다.

"어서들 오십시오."

"세자 저하께서는 안에 계시는가?"

"예. 기다리고 계시옵니다."

"고하여 주시게."

"잠시 기다리시지요."

김 내관이 전각으로 들어갔다 나왔다.

"들어들 가시지요."

"고맙네. 어험!"

서유대가 일부러 헛기침으로 알리면서 안으로 들어갔다.

방 안에는 세자와 두 사람이 앉아 있었다.

"두 분, 어서들 오세요."

서유대가 환하게 웃었다.

"오랜만에 뵙습니다, 저하."

"예. 서 대장님도 김 군단장님도 잘 지내시지요?"

장용영은 병력이 증강되면서 5개 여단으로 편성되었다. 그렇게 편성된 장용영은 이제 군단으로 불리고 있었다.

김기후가 웃으며 대답했다.

"저하의 성려 덕분에 잘 지내고 있사옵니다."

차가 나오고 세자는 두 사람과 잠시 한담을 나눴다. 그러던 세자가 먼저 주제를 꺼냈다.

"아바마마께 말씀은 들으셨지요?"

서유대가 큰 관심을 보였다.

"그러하옵니다. 그런데 정녕 훈국 병력 전부가 준무관이 될 수 있겠사옵니까?"

김기후가 우려했다.

"훈국도 그렇지만 저희 장용영은 군단입니다. 무려 삼만 여 명의 대규모 병력을 어떻게 전부 간부로 양성할 수 있을

지 걱정이옵니다."

세자가 고개를 저었다.

"조금도 걱정할 필요가 없어요. 훈국은 더 말할 것도 없지만, 장용영도 경력 5년이 넘은 병력이 많잖아요?"

"그렇기는 하옵니다. 장용영이 설립되기 전부터 복무한 장병은 10년이 넘은 경우도 있사옵니다."

"그럴 거예요. 그리고 절반 이상은 4~5년이고, 그 절반의 절반은 2~3년, 나머지는 1년 이상 된 병력이지요?"

"거의 정확하옵니다."

세자가 서유대를 바라봤다.

"훈국은 최소한 5년 이상 되었지요?"

"대부분 그렇지만, 일부는 2~3년 전에 충원한 병력도 있사옵니다."

"그렇군요. 준무관은 장기 복무자를 우선 대상으로 하세요. 그들을 지휘한 무관들의 공명정대한 인사 평가가 반드시 기초되어야 하고요. 그렇게 선발된 병력을 우선적으로 교육하는 겁니다. 그리고 난 뒤, 먼저 임관한 준무관이 다음 기수를 교육하게 하면 됩니다."

서유대가 탄성을 터트렸다.

"아! 먼저 임관된 준무관이 후배를 양성하라는 말씀이로군요."

"그렇습니다. 그렇게 책임과 권한을 부여해 주면 그들은 누구보다 잘해 낼 겁니다. 그리고 무관과 준무관은 고유 업무가 다릅니다. 무관은 가정에서 아버지처럼 병사를 지휘합니다. 반면에 준무관은 어머니처럼 부대 살림을 책임지면서 병사들과 함께 생활하게 되고요."

세자가 무관과 준무관의 역할에 대해 나름대로 충실히 설명했다. 그 설명을 들은 서유대가 놀라 반문했다.

"대단하시옵니다. 세자 저하를 뵐 때마다 놀라는데, 저하께서는 군에 대한 지식이 어떻게 이렇게 해박하시옵니까?"

세자가 쑥스러워했다.

"직접 경험한 건 없어요. 하지만 이전에 말씀드린 대로 꿈에서 본 것을 토대로 말씀드리는 겁니다."

서유대가 자의로 해석했다.

"그렇군요. 전생에 경험을 하셔서 이리도 잘 아시는 거로군요."

세자는 분명 꿈이라고 했는데, 서유대도 그걸 전생으로 알아들었다. 그런 모습을 보며 세자는 고개를 저었으나, 아니라고 하지는 않았다.

세자가 말을 이었다.

"그리고 본격적으로 기병을 양성했으면 합니다."

서유대가 대번에 우려했다.

"저하! 기병 양성은 막대한 비용이 들어갑니다. 그뿐이 아니라 관리에도 상당한 노력이 필요하고요. 더구나 새로운 소총이 보급되고 있는 지금, 구태여 기병을 양성할 필요가 있겠습니까?"

"좋은 지적을 하셨네요. 맞습니다. 기병은 양성도 어렵고 관리도 어려워요. 새로운 소총이 보급되면서 기병에 대한 효용성이 크게 떨어진다는 지적도 분명한 사실이고요."

서유대가 곤혹스러운 표정을 지었다.

"그걸 알고 계시면서도 기병 양성을 추진하신단 말씀이옵니까?"

"기병이 필요한 건 기동성 때문입니다."

"하오나 지금은 소총이 발달하고, 참호와 같은 새로운 군사전략이 도입되고 있습니다. 그로 인해 과거와 같은 기병 전술은 실전에서 큰 효과를 기대하기 어려워졌습니다."

세자가 그를 치켜세웠다.

"역시 서 대장이십니다. 맞습니다. 기병에게 과거와 같은 전투력을 기대할 수는 없지요. 허나 기동성만큼은 여전히 최고입니다. 과거 고구려의 개마무사가 북경을 공격할 때 하루 이동속도가 이백여 리였다고 합니다. 몽골 제국의 기병은 삼백여 리였고요. 특히 역참이 발달했던 몽골의 파발은 하루 천리를 이동했다는 점에 주목할 필요가 있습니다. 그리고 새롭게 도입된 군사전략과 전술은 아직 본국만의 전유물입니다."

서유대가 바로 이해하며 자책했다.

"아! 신이 잠깐 착각했사옵니다. 외국은 아직 과거의 행태를 답습하고 있습니다."

"예. 그래서 아직은 기병의 효용성을 충분히 살릴 수 있습니다. 그리고 기병은 본국과 같은 산악 지형보다 평원에서 더 효과적이고요."

김기후와 서유대가 서로를 바라봤다. 그들도 세자의 말에 들어 있는 함의를 바로 알아챘다.

김기후가 나섰다.

"저하! 본격적으로 추진하시려는 것이옵니까?"

무엇을 추진하려는지 말하지 않았다. 그러나 세자도 서유대도 빠진 말이 무엇인지 바로 알아들었다.

세자가 대답했다.

"예. 이제 때가 된 거 같아서요."

두 대장이 눈을 빛냈다. 그러던 서유대가 탄식을 터트리며 아쉬워했다.

"아! 아쉽습니다. 신의 나이 벌써 칠순이 눈앞이옵니다. 이제 겨우 대업을 위해 큰 걸음을 내디디려 하는데 몸이 따르지 않는군요."

세자가 위로했다.

"너무 상심 마세요. 본국에는 역대로 노장들이 분전해 나라를 구한 경우가 많습니다. 삼국지에서도 황충(黃忠) 같은 노장이 분전해 유주(劉主)를 크게 도왔고요. 서 대장께서는 아직 나라를 위해 해 주셔야 할 일이 많습니다."

성숙했다고 해도 아직은 어린 세자다. 그런 세자가 자신의 기를 살려 주려는 배려에 서유대의 표정은 묘하게 변했다.

"허허! 감읍한 말씀이옵니다. 신도 어찌 대업에 동참하고 싶지 않겠사옵니까? 하오나 물리적인 한계는 어쩔 수 없사옵니다."

서유대가 슬쩍 물러나려는 의도를 비쳤다.

세자가 그런 그를 위로하며 만류했다.

"아바마마께서 대감을 얼마나 믿고 의지하는지 잘 아실 거예요. 저도 대감이 계시기 때문에 일로매진할 수 있는 겁니다. 그러니 힘이 드시더라도 저와 아바마마를 버리지 말아 주세요."

서유대는 너그러운 성품이어서 복장(福將)으로 불리고 있었다. 그래서인지 세자의 말에 더 크게 반응했다.

서유대가 진심을 담아 몸을 숙였다.

"천부당만부당이옵니다. 신이 어찌 주군께 등을 돌릴 수 있겠사옵니까. 그러니 그런 말씀은 절대 하지 마십시오."

세자도 최대한 경의를 표시했다.

"감사합니다. 아바마마께서도 그러시겠지만, 저도 대감의 충정을 언제라도 잊지 않고 있습니다."

방 안 분위기가 더없이 훈훈해졌다. 세 사람은 이런 분위기에 맞춰 잠시 덕담을 주고받았다.

이런 분위기를 서유대가 조심스럽게 깼다.

"저하께서 추구하시는 바는 신도 적극 동감합니다. 그런데 그러려면 군마 수급이 문제인데, 이 점은 어떻게 해결하면 좋겠사옵니까?"

김기후도 여기에 동조했다.

"옳은 지적입니다. 우리 조선은 청국의 간섭을 받으며 군마 양성 체계가 완전히 무너졌습니다. 그런 체계를 새로 보강한다고 해도 일조일석에 군마가 늘어나지 않습니다."

세자도 여기에 동조했다.

"저도 그 점은 잘 알아요. 그래서 군마 수급은 청국의 도움을 받으려고 해요."

두 사람이 깜짝 놀랐다.

서유대가 급히 지적했다.

"저하! 청국의 도움을 받는다니요? 다른 것도 아니고 군마 수급입니다."

김기후도 말을 하려 하자 세자가 손을 들어 제지했다.

"우선 제 말부터 들어 보세요."

"후우! 말씀하시옵소서."

"우리의 파발은 부끄럽게도 대부분 말이 아닌 사람이 투입됩니다. 이렇게 된 데에는 조정 세수가 크게 부족해 말을 제대로 보급하지 못해서이고요. 그래서 우선은 전국 역참에 필요한 말부터 청국에서 들여올 계획입니다."

서유대가 동조했다.

"아주 좋은 생각이십니다. 상당수 역참에 말이 없어 사람이 소식을 전하는 경우가 많아 문제가 많기는 합니다."

세자의 말이 이어졌다.

"그렇습니다. 그래서 파발에 필요한 말을 대대적으로 수입하려고 합니다. 아울러 지방 권력 가문에 침탈되거나 불법으로 매매된 역참의 마전(馬田)도 모조리 바로잡으려고 합니다."

조선의 역참 제도는 고려의 제도를 보완해서 운영되었다. 그러다 임진왜란 이후 세수가 격감하면서 파발마의 수급조차 어려워졌다.

그로 인해 대부분의 역참에는 규정된 말을 확보하지 못했다. 그렇다고 숫자를 맞추지 못하면 치죄를 당해야 해서, 부족한 말을 다른 역에서 빌려와 채워 넣었다.

그러나 이도 갈수록 흐지부지되면서, 대부분의 역참에는 서류상으로만 말이 존재하였다. 그래서 급보를 전할 때는 사람이 투입될 수밖에 없었다.

세자가 이런 역참의 말을 충원하며 잘못된 제도를 바로잡겠다고 했다. 역참은 군과도 맞물리는 일이어서 서유대가 격하게 반겼다.

"역참 제도는 군과도 직결되어서, 바로잡는다면 그보다 좋은 일은 없을 것이옵니다."

"예. 그래서 보부상에 지시해 전국 역참의 실태를 조사하라고 했습니다. 그게 이 보고서입니다."

세자가 서류를 건넸다.

서유대가 서류를 넘기며 어이없어했다.

"정녕 이게 사실입니까?"

"그렇습니다. 보부상들이 은밀히 조사했고, 몇 번을 확인했습니다."

서유대도 역참 제도의 문제점을 누구보다 잘 알고 있었다. 그런데 조사된 내용은 자신이 알고 있는 상상 이상이었다.

"이 정도로 문제가 많을 줄 몰랐사옵니다. 의주대로의 역참을 제외하면 전부가 유명무실합니다. 그런데 어떻게 이런 일이 아직까지 한 번도 공론화되지 않은 것이옵니까?"

세자가 씁쓸해했다.

"그만큼 지방행정이 부실하다는 방증이지요. 역참뿐만이 아닙니다. 그동안 집계해 온 통계는 전부 부실이라고 해도 과언이 아닙니다. 가장 중요한 백성들의 숫자조차 제대로 조사되지 않고 있는 게 현실이지요."

서유대가 서류를 덮었다.

"하아! 보통 문제가 아니네요."

"자! 지방행정 체계는 내년부터 차츰 잡아 나가면 됩니다. 지금은 당면 현안에 더 집중하시지요."

"알겠습니다."

"보고서에 보신 바와 같이 역참에 필요한 군마는 오천여 필입니다. 그런 이유로 들어 청국에서 만여 필의 군마를 들여오려고 합니다."

서유대가 우려했다.

"청국이 그걸 허용하겠습니까?"

"충분히 가능합니다. 말도 쉽게 구입할 수 있을 것이고요."

"그렇습니까?"

"대감께서는 청국의 내전이 치열한 사실을 아시지요? 그 바람에 만주 심양에 주둔하던 만주 팔기 병력 전부가 강남으로 내려간 것도요."

"물론입니다."

"만주 팔기가 강남으로 내려가면서 만주는 무주공산이 되었지요. 그렇다고 지금 우리의 역량으로는 아직 어떻게 할 정도는 아니지만요."

두 명의 무장이 무거운 표정을 지었다.

"그렇게 팔기가 내려가면서 봉금령에 살고 있는 만주족에게 큰 문제가 생겼어요. 그 문제는 바로 매년 만주 팔기에 공급하던 군마를 더 이상 납품할 수 없게 되었다는 겁니다."

김기후가 탄성을 터트렸다.

"아! 저하께서는 그 군마를 구입하시려는 거로군요."

"그래요. 봉금령 안의 만주족들이 그 문제로 큰 곤욕을 치르고 있다고 해요. 특히 말 사육을 주로 하는 북방 부족들은 생활에 위협을 느낄 정도가 되었고요. 그래서 경원과 회령 개시를 통해 은밀히 말의 구입 의사를 타진할 정도로요."

김기후가 눈을 빛냈다.

"그런 만주족의 어려움을 풀어 주면서 실리를 챙기자는 말씀이군요."

"그렇지요. 청국도 봉금령 지역의 말을 수입하겠다고 하면 절대 반대하지 않을 거예요. 아니, 오히려 더 많은 말을 구입하려고 권할 수도 있지요."

"사정이 좋지 않으니 그럴 가능성도 없지는 않사옵니다."

"맞아요. 청국이 안정되었을 때는 해마다 몇만 필의 말을 구입해 주었다고 합니다. 그러나 부정부패가 만연하면서 구입량이 급격히 줄었고요. 특히나 요 몇 년 동안에는 말을 거의 구입하지 않아서 만주족의 불만이 팽배하다고 합니다. 나는 그 점을 적절히 활용하려고 합니다."

서유대가 눈을 빛냈다.

"봉금령의 만주는 심양 조정에서 관장합니다. 지금이 3월이니 말 구입을 하려면 바로 사람을 파견해야 합니다."

"알겠습니다. 바로 아바마마의 윤허를 받아 보겠습니다."

청국은 본향인 만주를 중요시했다.

그래서 만주에 봉금령을 실시했다.

그러면서 수도였던 심양을 봉천부(奉天府)로 격상해서는 배도(陪都)로 삼았다. 그러고는 제2조정을 두어 만주와 요동 일대를 다스리게 했다.

심양은 조선에게 한이 서린 곳이다. 양대 호란에서 승리한 청은 오십만여 명을 포로로 끌고 갔다.

포로들은 대부분 청국 귀족의 노예가 되었다. 그렇게 노예가 된 포로들은 심양 일대에서 갖은 고난을 겪어야 했다.

척화에 끝내 반대했던 삼학사는 심양성 남문에서 효수까지 되었다. 척화파의 여러 대신도 심양에 끌려가 모진 고난을 겪어야 했다.

고난은 여기서 끝나지 않았다.

청국이 대륙을 차지한 후에는 연경으로 가는 조선 사신을 심양에 들르게 했다. 그러고는 삼학사가 효수된 땅을 반드시 밟고 지나도록 했다.

청국은 조선의 저력을 두려워했다.

그래서 이런 식으로 철저하게 저항 정신을 말살하려 했다. 여기에 십만에 가까운 만주 팔기를 심양에 주둔시키며 늘 경계했다.

그런 만주가 무주공산이 되었다.

그러나 세자는 급하게 움직이지 않았다. 그 대신 천금 같은 기회를 적절히 활용해 기병 양성의 기회로 삼으려고 했다.

세자의 계획은 즉각 윤허를 받았다.

청국과 북쪽에서 교역할 때는 주로 책문 후시나 두만강 지역의 개시를 이용한다. 그러나 이번 일은 나라에서 필요로 하는 군마를 구입하는 일이어서, 특사가 심양으로 파견되었다.

특사는 예조판서 이만수가 맡았다. 여기에 역관을 역임했던 상무사 부대표 오도원이 동행했다.

국왕은 특사에게 교지를 내리면서 좋은 성과를 거두고 오라 하교했다. 이런 국왕의 기대를 한 몸에 받은 특사가 4월 초 성경에 도착했다.

성경에 도착한 특사 일행은 곧바로 성경 장군부를 찾았다. 성경 장군은 성경을 포함한 요동과 산해관의 유조변 남부 지역을 다스렸다.

요동은 만주 최고의 요충지다.

그리고 유일하게 한족이 거주한다. 이런 요충지를 담당하는 성경 장군부의 위용은 대단했다.

조선의 사신은 성경 장군부를 바로 들어가지 못한다. 반드시 외부에서 먼저 방문 사실을 알리고 대기해야 한다.

조선은 매년 세 차례의 사신을 보낸다. 이런 사신이 방문하면 일부러 며칠 대기시키며 위세를 부렸다.

놀랍게도 이번에는 바로 접견이 허락되었다.

이만수도 오도원도 사행 경험이 있었다. 그래서 두 사람은 주춤거리지 않고 장군부 본청을 들어갔다.

본청은 흡사 어전(御殿) 같았다. 정면에 용상은 아니지만 수미단처럼 생긴 높은 옥좌에 성경 장군이 앉아 있었다.

이만수가 두 손을 모아 쥐었다.

"인사드립니다. 국왕 전하의 특명을 받은 조선의 예조판서 이만수입니다."

오도원도 두 손을 모아 쥐고 통역했다.

오도원의 통역을 들은 성경 장군이 거만하게 인사했다.

청국은 변방에 장군부를 두고 있다.

만주는 성경, 길림, 흑룡강 장군이 나눠서 다스린다. 그리고 몽골 지역은 오이라소 대장군, 신강 지역은 이리 장군이 관장한다.

이런 장군들 중 성경 장군은 정1품 무관으로 품계도 가장 높다. 그러다 이즈음은 종1품으로 낮아졌지만, 그래도 최고의 품계였다.

"어서 오시오. 본관은 성경 장군 진창(晉昌)이오."

"진창 대인이셨군요. 뵙게 되어 영광입니다."

이만수의 정중한 인사에 진창의 얼굴이 환해졌다.

"하하하! 영광은 무슨. 본관도 조선의 예조판서를 만나 반갑소이다."

진창이 관리들을 소개했다.

"여기 두 분은 성경 조정의 호부시랑과 예부시랑이오."

청국은 성경에다 북경과 같은 조정을 두어 만주를 관리하고 있었다. 이런 성경 조정의 최고 직위는 상서(尙書)가 아닌 한 단계 낮은 시랑(侍郞)이었다.

청국은 관직에 만주족과 한족 관리를 각각 임명하고 있다. 만주족을 우대하지만 한족도 차별하지 않겠다는 의미에서다.

이런 청국의 배려로 초기와 달리 한족들의 반발은 급격히 줄어들었다. 그러나 성경 조정만큼은 만주족만이 관리가 될 수 있었다.

관리 한 명이 먼저 나섰다.

"성경 조정 호부시랑(盛京戶部侍郎) 파영아(巴靈阿)요."

"예부시랑(禮部侍郎) 의흥(宜興)이오."

"두 분 대인을 뵙게 되어 영광입니다."

이만수가 거듭 자신을 낮췄다. 그 말을 들은 두 사람이 동시에 크게 웃었다. 파영아가 호탕하게 손을 내저었다.

"하하하! 별말씀을 다 하시오. 경이나 우리나 다 같이 조정의 녹을 받는 관리인데, 너무 그렇게 자신을 낮추지 않아도 되오."

오도원은 크게 어리둥절했다.

'이게 무슨 상황이야. 내가 그동안 열 번 넘게 사행에 참여했지만, 이런 식으로 말을 하는 성경 조정 인사는 본 적이 없었어. 하나같이 거만했는데 어떻게 된 일이지?'

이런 생각은 이만수도 마찬가지였다.

통역하는 오도원은 적당히 몸을 숙여 당황한 표정을 가렸다. 그러나 얼굴을 숨기지 못하는 이만수의 표정에는 황당함이 가득했다.

그 모습을 본 진창이 대소를 터트렸다.

"하하하! 파 대인이 너무 겸양한 거 같소이다. 조선에서 온 이 판서가 경의 말에 놀라서 어쩔 줄 몰라 하니 말이오."

오도원의 눈빛이 변했다.

5월 그믐에 내린 교시

성경 장군이 편을 들어 주는 척하면서 이만수가 당황하는 모습을 은근히 지적했다.

오랫동안 역관 생활을 경험한 오도원의 머릿속이 분주해졌다.

'저건 또 뭐야? 특사인 이 대감을 두 사람이 들었다 놨다 하고 있잖아. 그래. 저들이 저런 식으로 이 대감을 흔드는 이유는 하나야. 분명 거래를 유리하게 이끌기 위한 밑 작업이 분명해.'

이런 생각을 한 오도원이 조용히 이만수에게 자신의 생각을 전했다. 그 말을 들은 이만수가 자책하며 두 손을 모아 쥐었다.

"성경 장군께서 신경 써 주셔서 감사합니다. 파 대인의 말씀이 맞는데, 갑자기 그런 말을 들어 제가 잠시 당황했습니다. 송구합니다."

이만수가 몸까지 숙이며 자신을 낮췄다.

그 모습을 본 청국 관리들은 이만수의 노련한 대처에 하나같이 고개를 끄덕였다.

성경 장군 진창이 치하했다.

"대단하시오. 역시 조선의 외교를 책임지고 있는 사람답소이다."

"아닙니다. 대인께서 잘 봐주신 덕분입니다."

말은 서로 웃으며 주고받았다. 그러나 말 속에 칼이 숨겨져 있음을 모두는 알고 있었다.

예부시랑 의홍이 나섰다.

"귀국은 그동안 특사를 보낸 적이 한 번도 없었소이다. 그래서 특사가 왔다는 말에 솔직히 놀랐소. 그런데 무슨 일로 특사를 보낸 거요?"

분명 말을 구입하겠다는 의사는 이미 보냈다. 그럼에도 의뭉스럽게 특사 파견 목적을 다시 물었다.

이만수가 가져온 교지를 공손히 전했다.

"본국의 주상 전하께서 보내신 교지입니다."

의홍이 그것을 받아 성경 장군에게 건넸다.

진창이 교지를 읽고 놀랐다.

"아니, 역참에 말이 없다니, 그게 정녕 사실이오?"

"부끄럽지만 사실입니다."

파영아가 고개를 저었다.

"말도 안 돼. 어떻게 말도 없이 역참을 운영할 수 있었던 거요?"

이만수가 한숨을 내쉬었다.

"후! 본국 조정도 역참에 말이 부족하다는 걸 알고는 있었습니다. 그러나 이번에 일제 조사를 하기 전까지는 이 정도일 줄은 몰랐습니다."

진창이 헛웃음을 지었다. 그러면서 은근히 조선의 잘못을 지적하고 나왔다.

"허허! 국가 경영을 어떻게 하고 있기에 이렇게 되기까지 몰랐단 말이오."

이만수가 씁쓸한 표정을 지었다.

"저도 솔직히 황망할 따름입니다. 그래서 역참에 필요한 말을 충원하기 위해 귀국의 도움을 받고자 왔습니다."

"흐음! 그래요?"

"예. 부디 본국의 어려움을 헤아리셔서, 좋은 결과를 갖고 돌아갈 수 있게 해 주십시오."

심양 조정은 몇 년 전부터 큰 곤욕을 치르고 있었다. 그 이유는 봉금령 지역 만주족이 기르고 있는 말 때문이었다.

이러한 차에 방문한 조선의 특사는 가뭄의 단비였다. 그럼에도 청국 관리들은 일부러 뒤로 슬쩍 물러났다.

성경 장군이 슬쩍 물러섰다.

"으음! 말은 전략 물자여서 쉽게 내어줄 수 있는 품목이 아니오."

이만수가 강하게 나갔다.

"그래서 격식을 갖춰서 방문한 것입니다. 그리고 본국은 귀국을 상국으로 모시고 있는데 걱정할 필요가 있겠습니까?"

"그렇기는 하지만……."

"역참에 필요한 말을 구입하려는 겁니다. 역참의 중요성은 재삼 거론하지 않아도 대인께서 더 잘 아실 것이옵니다."

"그렇기는 하지요. 그런데 만여 필의 말이 필요하다고 했나요?"

"그러하옵니다."

"으음! 만 필이라면 결코 적은 숫자가 아닌데……."

고심하는 척하던 진창이 입을 열었다.

"조선의 어려움을 도와주는 건 상국의 도리가 맞소. 허나 갑자기 너무 많은 말을 요구하니, 당장 답을 주기가 어렵소이다. 우리도 내부적으로 논의를 해야 하니 돌아가서 기다리시오."

이만수가 두 손을 모았다.

"부디 좋은 결과가 있기를 바랍니다."

인사를 마친 이만수와 오도원이 정청을 나갔다.

개혁군주

두 사람이 나가자 진창의 표정이 대번에 변했다.

"두 분은 조선의 요청에 대해 어떻게 생각하시오?"

호부시랑 파영아가 나섰다.

"당연히 받아들여야 합니다. 대인께서도 요즘 봉금령 내의 부족들 불만이 얼마나 높은지 잘 아시지 않사옵니까?"

"그렇기는 한데, 말을 넘겨주려니 왠지 찜찜한 기분이 드는구려."

예부시랑 의흥이 나섰다.

"대인께서 무엇을 걱정하시는지 모르지 않습니다. 허나 조선입니다. 조선은 기병조차도 제대로 없는 나라입니다. 그런 나라에 말을 준다고 해서 무슨 문제가 있겠습니까?"

성경 장군 진창이 동조했다.

"그렇기는 하지."

"저는 오히려 이번 기회를 잘 이용했으면 합니다."

"이용하다니, 어떻게 말이오?"

"지난 몇 년 동안 세수가 부족해 말을 제대로 매입하지 못하고 있습니다. 그 바람에 봉금령 내 부족들의 불만이 팽배해 있고요. 이런 때 저들이 왔다는 건 가뭄의 단비나 다름없습니다. 저는 그래서 오히려 더 많은 말을 사 가도록 유도해 주셨으면 합니다."

성경 장군 진창의 눈이 커졌다.

"말을 더 사 가게 하라고요?"

"그렇습니다."

"구태여 그럴 필요가 있을까요? 그리고 조선에서 많은 말을 구입해 갈지도 모르는 상황이고요."

"조선은 상무사라는 왕실 상단으로 본국의 광주와 직교역을 하고 있습니다. 제가 알기로 그 교역을 통해 많은 수익을 얻는다고 합니다."

"그래요?"

"예. 이번에 말을 구입할 자금도 거기서 얻은 수익일 겁니다. 그렇지 않았다면 가난한 조선이 무슨 자금이 있어서 만 필이나 되는 말을 구입할 수 있겠습니까? 더구나 말은 관리하는 데도 막대한 비용이 들어가는데요."

"그 말은 맞습니다."

의흥의 목소리가 은근해졌다.

"그래서 말을 더 많이 구매하게 만들자는 겁니다. 그리되면 말 구입 비용도 커지지만, 관리 비용도 막대하게 들어갑니다. 대인. 우리로선 조선이 잘 사는 게 결코 좋은 일이 아닙니다."

진창의 눈이 번쩍했다.

"대인의 말이 맞소. 조선의 강성함을 우리는 늘 경계해 왔지요."

"예. 그래서 성경에 대군을 주둔시켜 왔고요. 그런데 지금은 그 병력이 전부 강남으로 내려갔습니다. 아쉽게 그 병력이 다시 귀환할 가능성이 없어졌고요."

"끄응!"

의흥의 지적대로였다.

만주의 팔기 병력은 백련교도와 몇 번의 전투에서 연패했다. 그로 인해 대부분의 병력을 잃어버린 팔기는 귀환하려 해도 할 수가 없었다.

파영아가 가세했다.

"대인, 예부시랑의 말씀대로 하시지요. 지금의 우리로서는 팔기 병력을 충원하기 어렵습니다. 그렇다면 조선에 부담을 잔뜩 지워 주는 게 좋지 않겠습니까? 그렇게 하면 우리 부족의 불만도 가라앉힐 수도 있고요."

의흥이 다시 권했다.

"예, 맞습니다. 만주가 안정되면 그 공은 전부 대인의 몫입니다. 거기다 조선이 벌어들인 수익을 우리가 적당히 회수할 수 있는 이득도 있고요."

이러면서 슬쩍 음흉한 속셈도 드러냈다.

"대량의 말을 거래하게 되면 중간에 생기는 차액이 만만치 않을 겁니다. 그 차액은 불법적인 것도 아니어서, 대인의 통치에 큰 도움이 될 겁니다."

진창이 손사래를 쳤다.

"별말씀을 다 하시오. 나는 그런 거에 절대 관심이 없소이다."

말은 이러면서도 그의 눈은 더없이 빛났다.

두 사람이 거듭 권했다. 더구나 상당량의 차액도 챙길 수 있다는 생각에, 진창도 결국 매각에 동조하고 말았다.

"두 분의 의견이 그렇다니, 거기에 따르지요. 허면 얼마나 되는 말을 넘겨주는 게 좋겠소?"

이때부터 세 사람이 머리를 맞대었다.

특사가 20여 일 만에 돌아왔다. 특사가 일찍 돌아왔다는 보고에 세자는 성공을 확신했다.

그런데 돌아온 특사의 보고에 놀랐다.

"삼만 필이라고요?"

이만수가 몸을 숙였다.

"그러하옵니다. 본국이 필요한 마필이 일만 필이라고 하니 처음에는 의심을 했습니다. 그래서 본국의 사정을 설명하니 하나같이 웃지 않은 사람이 없었습니다."

세자의 얼굴이 일그러졌다.

"역참을 말도 없이 운용했다고 하니 어이가 없었나 보군요."

"예. 솔직히 신도 부끄러워서 혼났습니다."

"그러셨겠지요. 그런데 삼만 필이면 너무 많네요. 역참에 필요한 마필보다 사용할 곳이 많아 일부러 두 배 가까이 요청을 했는데, 그보다 세 배나 더 많다니요."

이만수가 송구한 표정을 지었다.

"심양 조정에서는 상무사가 교역에서 많은 수익을 얻고 있다는 사실을 알고 있었습니다. 그래서 자신들의 어려움을 본국이 능히 해결할 수 있다면서 강매를 했습니다."

세자는 속으로 쾌재를 불렀다. 그러나 겉으로는 은근히 불쾌한 기색을 했다.

"아무리 청국이라고 해도 그렇지, 어떻게 그 많은 마필을 강매한단 말입니까? 삼만 필을 관리하려면 얼마나 자금이 들어가는지 잘 알면서도 그랬단 말이군요."

이만수가 한숨을 내쉬었다.

"후! 그래서 소인이 극구 거부를 했습니다. 그러나 심양 조정의 중신들은 요지부동이었습니다. 특히 성경 일대를 다스리는 성경 장군은 협박까지 하였사옵니다."

세자의 눈이 커졌다.

"협박까지 했다고요?"

"예. 자신들이 요구하는 말을 구입하지 않으면 광주의 교역을 못 하게 하겠다고 했사옵니다."

성경 장군은 청국 최고위 무장이다. 그런 장수가 협박까지 하고 나왔다고 한다.

세자가 대번에 사정을 짐작했다.

"성경 장군이 그런 말을 했다니 의외군요. 그 정도로 만주 사정이 절박하다는 거로군요."

오도원이 가세했다.

"소인이 알아본 바로는, 그대로 두었으면 폭동까지 벌어졌을 상황이었습니다."

"민심이 많이 좋지 않군요."

이만수가 말을 이었다.

"예. 그래서 어쩔 수 없이 삼만 필을 구입하겠다고 했습니다."

"잘하셨습니다. 그런 상황에서는 누구도 아니라는 말을 못합니다."

이만수가 가슴을 폈다.

"그래도 소득이 전혀 없었던 건 아닙니다. 예상보다 많은 말을 구입한 터라, 값을 조정해 달라고 했습니다."

세자가 놀랐다.

"그런 상황에서도 가격을 논하셨다고요?"

"예. 아무리 저들이 겁박을 해도 칼자루를 쥐고 있는 건 우리입니다. 그래서 상업을 증진시키기 위해 앞으로도 우마가 많이 필요하다고 했습니다. 그러면서 가격을 조정해 준다면, 다음에도 여기 와서 말을 구입하겠다는 제안을 했사옵니다."

"놀랍습니다. 대감께서 가격까지 흥정하실 줄 몰랐습니다."

이만수가 크게 웃었다.

"하하하! 저하께서 교역을 직접 관장하시는데 신이 못할 게 무에 있겠사옵니까? 어떻게 보면 예조를 맡고 있는 신이 최고의 장사꾼이옵니다. 외교란 것이 바로 협상과 타협의 산물 아닙니까?"

세자가 놀라 입을 벌리고 말을 못 했다.

그 모습을 본 이만수가 더 크게 웃었다.

"하하하! 제 말이 놀랍긴 하나 봅니다. 언제나 냉철하신 저하께서 이런 모습을 하시니 말입니다."

세자가 얼굴을 붉혔다.

"제가 그렇게 냉정해 보입니까?"

"물론이지요. 조정에서 중신들과 토의를 할 때 보면, 눈에서 빛이 다 날 정도입니다. 그래서 중신들도 저하와 토의를 하면 그 어느 때보다 긴장하게 된답니다."

"아! 그래요."

세자는 머쓱했다. 그러면서 중신들이 나이 어린 자신을 얕잡아 보지 않는다는 점이 기분 좋았다.

"고생 많으셨습니다. 생각지도 않게 추가로 들여오는 말은 기병 양성에 활용해야겠네요."

이만수가 놀랐다.

"아! 기병을 양성하시려고 하옵니까?"

세자가 말을 돌렸다.

"그러지 않으면 그 많은 말을 어떻게 활용하겠습니까? 우마차에 활용하려고 해도 길이 좋지 않아 당장 투입하기는 어려워요."

이만수도 동조했다.

"그렇기는 합니다. 갑자기 많은 말을 원활히 관리하려면 군이 최고지요."

"그나저나 말은 언제부터 공급받기로 했습니까?"

"5월 하순으로 정했사옵니다."

세자의 안색이 대번에 흐려졌다.

"삼만 필의 말먹이도 준비할 시간을 주지 않았단 말입니까?"

오도원이 나섰다.

"그 점은 조금도 걱정하지 않으셔도 됩니다."

오도원이 이만수를 바라봤다.

"특사께서 그 점을 강력히 항의하셨습니다. 준비도 안 된 상황에서 말을 받을 수는 없다고요. 그러면서 일찍 넘겨줄 거라면 말먹이로 쓸 건초와 콩도 함께 넘겨 달라고요. 그랬더니 놀랍게도 성경 장군이 가을까지 먹을 풀과 콩을 대 주기로 했사옵니다."

세자의 눈이 커졌다.

"대감께서 큰일을 하셨네요."

이만수가 너털웃음을 터트렸다.

"허허허! 그래서 외교가 협상의 산물이라고 하지 않았습니까? 이만하면 신도 제대로 장사를 하고 온 게 맞지요?"

"물론입니다. 반년 치의 말먹이라면 수천 필의 말을 더 받아 온 거나 진배없습니다. 최고의 거래를 하고 오셨네요. 감사합니다."

개혁군주

"성경 장군의 결정은 자신들의 위기를 모면하려는 술책이었을 겁니다. 그렇지 않다면 그 많은 말먹이를 내주지 않았을 겁니다."

"선례가 중요합니다. 이번에 그렇게 되었으니, 다음에는 분명 더 쉬울 겁니다."

"그렇게 되도록 만들어야지요."

"하하! 맞아요."

세 사람이 서로를 보며 크게 웃었다.

이만수의 활약은 국왕에게 즉각 보고되었다. 보고를 받은 국왕은 파안대소를 하며 기뻐했다.

"하하하! 아주 큰 일을 해냈소이다. 우리 조선이 청국과의 협상에서 이번처럼 큰 성과를 거둔 적은 없었소이다."

이만수가 공을 국왕에게 돌렸다.

"모두가 전하의 홍복이시옵니다."

"무슨 말씀을 그리하시오. 마필의 가격을 이 할이나 낮춘 당사자가 경이오. 반년분의 건초와 콩을 무상으로 받았소. 이를 따져 보면 일만여 필의 말을 거저 얻은 거나 다름없소이다. 이렇게 실질적인 성과는 전적으로 경의 능력이오. 그러니 그 일에 과인을 끼워 넣지 마시오."

국왕의 평가는 일리가 있었다.

말 1필의 가격은 통상 100냥 정도 한다. 그래서 삼만 필의 가격이 삼백만 냥인데, 이만수의 협상으로 육십만 냥을 절감

했다. 여기에 건초와 콩도 비싸 할인 가격까지 합하면 일만
여 필에 버금간다.

이만수도 이 정도는 알고 있었다. 그래서 당당한 표정으로
깊게 몸을 숙였다.

"황감하옵니다."

국왕은 적극적으로 협상에 임한 이만수의 열정을 몇 번이
고 치하했다. 그런 국왕을 바라보는 대부분의 대신은 묘한
표정을 지었다.

지금까지 국왕은 청국과의 외교에서 실리를 논한 적이 없
었다. 국왕은 군사(君師)를 자임하면서, 문체반정(文體反正)을
이유로 사상의 표현마저 제어하려 했었다.

그러던 국왕이 달라졌다. 세자의 청을 받아들여 말을 구입
하겠다고 특사를 파견했다.

이 일만으로도 놀라운데, 말을 싸게 구입했다고 몇 번이고
치하했다. 대신들은 이런 국왕을 보며 세상이 바뀌고 있음을
절감했다.

세자는 한동안 정신없이 보냈다.

삼만 필의 말이 확보되었는데, 역참에 보급할 말은 오천여
필이면 족하다. 그래서 이만오천여 필은 자연스럽게 기병 양
성에 투입할 수 있었다.

조선에서 수만 명의 기병 군단을 양성할 지역은 많지 않

다. 세자는 기병 양성의 적지를 파악하기 위해 전국에 사람을 파견했다.

다행히 특사가 돌아오기 전 적지를 찾아낼 수 있었다. 결정된 지역은 개마고원(蓋馬高原)이다.

개마고원은 조선의 지붕이라 불린다.

그럴 정도로 해발고도가 높다. 이런 개마고원에서도 특히 서부 지역은 평균 고도가 1,200미터로 높으며, 면적도 경기도와 비슷하다.

세자는 이 지역을 기병 양성지로 결정했다.

기병 양성지가 결정되자 군도 빠르게 움직였다. 훈련도감의 서북별부료 병력 일천여 명과 장용영 기병 이천여 명에서 선발대를 뽑았다.

이어서 함경도와 평안도에서 대대적으로 모병했다. 놀랍게도 수많은 지원자가 몰렸으며, 상당수가 말을 탈 수 있는 경력자였다.

덕분에 계획보다 빨리 기병 조직을 구성할 수 있게 되었다. 이런 준비와 보고 등을 받느라 정신없는 시간을 보내고 있었다.

❊

그러던 5월 중순.

국왕은 소폭의 인사를 단행한다.

특사로 군마 도입에 큰 공을 세운 예조판서 이만수를 이조판서로 삼았다. 이어서 이조판서 서용보를 예조판서로, 이경일(李敬一)을 공조판서로 삼았다.

그리고 삼도수군통제사에 이인수(李仁秀)를, 민광승(閔光昇)을 경상우도병마절도사로 제수했다.

몇 사람의 자리가 바뀌었다.

서용보와 이만수는 국왕의 총신이다. 더구나 이인수는 이순신 장군의 후예로 통제사 임명에 조금의 하자도 없었다.

그런데 이만수가 사양했다. 자신의 형인 이시수가 우의정에 재임하고 있다는 이유에서였다.

조선에는 상피제(相避制)가 있다.

일정 범위 친족은 같은 부서나 상하 관계 관청, 연고 지역의 수령을 맡지 못한다. 인정에 따른 권력 집중을 막고 원활한 국정 운영을 하기 위해서다.

국왕은 사퇴를 받아들이지 않았다.

그러고는 숙종 시절의 예를 들며 이조의 업무를 보라 재촉했다. 그럼에도 이만수는 10여 일 동안 등청하지 않고 거듭 사직을 상소했다.

여기까지는 미담이었다.

그런데 홍문관 수찬 김이재(金履載)가 갑자기 이를 비판하고 나섰다. 이만수의 사직은 거짓 행위로 군주에 뜻에 영합

하는 거라고 지적한 것이다.

상소를 받은 국왕은 대노했다.

"과인이 이만수에게 이조판서를 맡긴 것은 오로지 세속을 바로잡자는 의도다. 그래서 교지도 세속을 바로잡는다는 뜻의 '교속(矯俗)' 두 글자로 정리된다. 이는 조정의 고루한 습속부터 바로잡아야 한다는 의미다. 그런데 지금의 조정 습속은 후한 녹을 받으면서도 삿된 핑계를 대며 바꾸려 하지 않고 있다. 과인이 이런 문제를 바로잡으려 하는데, 그 어떤 무리가 뻔뻔스레 사직 상소의 구절을 흠잡아 횡설수설한단 말인가!"

국왕의 일갈에 중신들은 등골이 서늘해졌다. 국왕이 그런 중신들을 바라보다 말을 이었다.

"오늘 이조판서가 당한 일은 이차적인 문제다. 그동안 수없이 의리를 강조했음에도, 오늘날의 습속이 어찌하여 옛날 그대로인지 모르겠다. 과인은 그래서 밖으로 드러난 자부터 먼저 중벌로 다스린 뒤에야 진정으로 습속을 바로잡는 길이 될 것이라 보니, 수찬 김이재를 당장 파직하라."

국왕은 잘못된 습속을 바로잡는 차원에서 이번 일을 다스리겠다고 천명했다.

이뿐이 아니었다.

"이번 일은 한 사람이 만든 게 아니다. 그러니 수찬 김이재를 부추겨 이 분란을 초래한 자는 반드시 자수하라. 그렇지 않으면 과인을 능멸한 죄로 모조리 엄히 다스릴 것이다."

편전의 공기가 더 싸늘해졌다. 대노한 국왕의 분위기에 짓눌린 이 날의 상참은 여기서 끝났다.

❀

그리고 다음 날인 5월 그믐.

국왕이 약원(藥院)의 제신들을 접견했다. 그 자리에서 이번 일의 당사자인 이만수의 형 내의원 도제조 이시수가 나섰다.

"전하, 전날의 전교에서 수찬 김이재를 파면하라 하셨사옵니다. 신이 상소를 보지 못해 상세한 내용은 모릅니다. 허나 옥당(玉堂)의 수찬이 재상을 논박하였다 하여 파면하신다면 너무 지나친 처사이옵니다. 신의 아우 때문에 이런 말씀을 드리는 것은 아니오니 부디 영을 거두어 주시옵소서."

국왕의 안색이 침중해졌다. 잠시 묵묵히 있던 국왕이 무겁게 입을 열었다.

"과인이 경을 부른 까닭은 전날의 일을 분명히 일러 주기 위함이오. 본래는 조정 중신 모두를 불러야 하지만, 공연히 시끄러울 거 같아 유사당상만 불렀소이다."

이어서 국왕은 김이재를 용서해 달라고 주청한 이시수를 질책했다. 국왕의 태도가 강경한 것에 깜짝 놀란 이시수가 사죄했다.

국왕이 무겁게 말을 이었다.

"과인은 덕이 못난 사람이오. 등극한 이후 나라를 다스리는 법이나 정책적인 면에서 볼만한 게 없소이다. 그러나 한 가지, 정당한 규범에 대해서는 나름대로 꿋꿋하게 지켜 왔소이다. 그것은 바로 의리요. 사실 모든 신료가 의리를 고수한다면 어찌 불의할 수 있겠소?"

"……."

"그동안 수많은 일이 있었소이다. 과인이 천명한 정당한 의리를 의심하고 혼란하게 만드는 당파적 습속이 수없이 반복되었소. 과인은 이러한 찌들고 더러운 습속을 전부 바꾸고 싶은 생각뿐이오. 그래서 분명한 의리를 천명하고 함께 대도(大道)로 가는 근본으로 삼을 것이오."

국왕은 처음으로 중신을 8년 주기로 등용했다고 밝혔다. 처음의 8년은 홍국영과 그의 세도를 수습하는 기간, 다음의 8년은 채제공과 김종수의 등용, 이어서 윤시동을 등용한 8년을 거론했다.

국왕의 구분은 재위 기간과 정확히 일치했다. 그렇다면 금년은 8년이 다시 시작되는 해였다.

이 점을 확인한 대신들의 눈이 빛났다. 그러나 국왕은 이런 대신들의 시선을 무시했다.

"과인은 항상 의리에 입각한 탕평을 해 왔소. 신임의리(辛壬義理)와 임오의리(壬午義理), 명의록(明義錄) 의리를 일관되게 강조했소. 과인은 지금까지 이러한 군신의리에 입각해 탕평도 했소이다. 그러나 이제부터 달라질 것이오."

국왕의 눈에서 불이 일었다.

"이제부터 조정은 과인이 천명한 대의리(大義理)를 따라야 할 것이오. 습속에 따라, 당파별로, 별도의 의리를 내세워 저항해서는 절대 안 될 것이오."

편전이 순식간에 싸늘해졌다.

국왕은 그동안 여러 의리에 입각한 탕평을 해 왔다고 했다. 여러 의리라 함은 각 당파가 내세우는 명분의 다른 말이었다.

국왕은 그런 의리를 모두 합한 대의리(大義理)로 조정을 꾸리겠다고 천명했다. 그러면서 절대 이를 저항하지 말라고 경고했다.

그동안 정파 별로 안배해 왔던 인사 정책의 포기 선언이었다. 이제는 더 이상 이러한 나쁜 습속, 당파 논리를 용납하지 않겠다고 했다.

당파 논리가 아닌 올바른 길을 제시한 자신을 따르라고 한 것이다. 이러면서 자신의 정치 철학을 구현할 인물들과 정치를 하겠다고 선포했다.

국왕이 이런 결단을 한 이유가 있었다.

❀

김이재는 초계문신이었으며 시파였다. 이런 김이재가 같은 시파인 이만수의 사직 상소 내용을 문제 삼고 나선 것이다.

지금까지 같은 당파에서 이런 식으로 비판한 경우는 없었다.

그런데 국왕이 공을 들인 초계문신 출신이 같은 총신을 비판하고 나선 것이다.

김이재가 나서게 된 건 김이익(金履翼)의 부추김 때문이다. 김이익은 철저하게 가문 중심의 사고를 가진 인물이다.

김이익은 김조순의 딸이 세자빈으로 거론됐었다는 사실을 알게 되었다. 그가 봤을 때 가문의 영달을 위해서는 그보다 좋은 일이 없었다.

그러나 국왕은 세자의 생각을 알고는 이미 마음이 멀어져 있었다. 국왕의 생각이 달라졌다는 걸 알게 된 김이익은 너무도 아쉬웠다.

그는 은근히 그에 대한 소문을 내며 기대를 버리지 않았다. 그가 낸 소문은 돌고 돌아 국왕에게까지 알려지게 되었다.

국왕은 깜짝 놀라 소문의 근원을 탐문했다.

그러다 김이익이 낸 소문을 알게 되었으며, 더불어 그의 성향도 알게 되었다.

이때부터 김이익은 외직으로만 돌았다.

그러다 진위사의 부사로 사행을 갔다 돌아와 한양에 머무르던 중 이번 일을 모의한 것이다.

김이재도 이만수도 같은 노론이고 시파다.

거기다 초계문신 출신이다. 이렇듯 정치 성향이 같음에도 사리사욕을 위해 모함하고 나선 것이다.

국왕은 의리탕평을 펼쳐 왔다. 이런 근간을 심혈을 기울여 키운 측근이 탐욕 때문에 무너트렸다.

국왕에게는 너무도 큰 충격이었다.

국왕은 하루를 꼬박 고심했다. 그런 뒤 오늘 중신들에게 충격적인 선언을 한 것이다.

오회연교(五晦筵敎).

그대로만 해석하면 5월 그믐에 연석에서 내린 하교라는 의미다. 그러나 내용은 이전과는 상전이 벽해하고 천지가 개벽할 정도로 충격적이었다.

국왕의 전교를 끝으로 대신들은 물러났다. 편전을 나서는 대신들의 표정은 하나같이 어두웠다.

소식을 들은 세자는 망연자실했다. 잠시 충격에 정신을 차리지 못하다 겨우 입을 열었다.

"아바마마께서 그런 전교를 내리셨단 말이야?"

소식을 전하던 김 내관이 몸을 굽혔다.

"아뢰옵기 송구하나 그러하옵니다."

"······아바마마는 지금 어디 계시지?"

"대신들을 보내시고 서암(瑞巖)에 올라가셨다고 하옵니다."

"가자!"

세자가 서둘러 후원으로 갔다.

경희궁 후원에는 엄청나게 넓고 거대한 바위가 누워 있다. 본래는 왕기가 서렸다고 해서 왕암(王巖)으로 불리던 바위는 숙종 때부터 서암으로 고쳐 불리고 있었다.

국왕은 후원 전체를 차지하는 너럭바위 중간의 큰 바위 아래에 서 있었다. 세자가 다가가 공손히 여쭈었다.

"아바마마, 무엇을 보고 계시어요?"

국왕이 바위 아래를 가리켰다.

"바위 사이에서 솟아나는 샘물을 보고 있단다."

세자가 시선을 돌렸다. 그러고는 솟아나는 샘물을 바라봤다.

한동안 샘물을 바라보던 국왕이 먼저 입을 열었다.

"거대한 바위틈에서 저렇게 맑은 샘물이 솟아나다니 놀라울 따름이구나."

"바위에서 솟아나서 더 맑은 거 같사옵니다."

"흐음! 그럴 수도 있겠구나."

국왕이 침음하며 고개를 끄덕였다. 부자는 그렇게 샘물을 바라보며 한동안 서 있었다.

이번에는 세자가 먼저 입을 열었다.

"너무도 충격이 크지 않겠사옵니까?"

국왕의 표정이 착잡해졌다. 그러던 국왕의 표정은 이내 더

없이 단단하게 변했다.

"어차피 한 번은 치러야 할 홍역이다."

"하오나 아무런 준비도 없이 너무 전격적이었사옵니다."

"그 부분은 어쩔 수 없었다. 과인도 이런 일이 생기리라고
는 예상하지 못했다. 허나 적당히 넘겼다가는 김이재와 같은
배은망덕한 자들이 판을 치게 될 게다. 그래서 아비는 아예
이번에 판을 바꾸려고 한다."

"반발이 너무 심할까 걱정이옵니다."

국왕이 세자를 돌아봤다.

"허허허! 왜 두려운 것이냐?"

"……솔직히 아니라는 말씀을 드릴 수 없사옵니다."

"너무 걱정하지 마라. 과거였다면 아비도 이런 결단을 내
릴 수 없었다. 허나 지금은 다르다. 네 덕분에 왕권은 그 어
느 때보다 단단해졌다. 도성 주변은 완전히 친위군에 장악되
었다. 금군에 장용영과 훈국 병력이 사만이다. 거기에 이번
에 모집하는 이만의 기병이 더 있다. 제주에 대양 함대를 보
유한 수군까지, 더 말해 무엇하겠느냐."

국왕이 주먹을 움켜쥐었다.

"국초 태조대왕 이래 친위군이 이렇게 많은 적은 없었다.
그리고 김이재와 같이 불손한 자가 있지만, 지금까지 양성한
초계문신 출신들도 상당하다. 이런 상황에서 아비가 못할 게
무에 있겠느냐?"

"그렇기는 하옵니다."

"두고 봐라. 이번 기회에 확실하게 조정의 기강을 바로잡고야 말 것이다."

국왕이 거듭해서 자신감을 나타냈다.

세자도 몇 년 전과는 상황이 완전히 바뀌었다는 걸 모르지 않는다. 그럼에도 이상하게 불안감이 가시지 않았다.

국왕이 세자의 어깨를 두드렸다.

"아비는 네가 태어나던 해부터 구상해 둔 바가 있었다."

"그것이 무엇이옵니까?"

"네가 열다섯이 되는 갑자년이 되면 보위를 너에게 넘겨줄 계획을 세워 두었다."

세자가 깜짝 놀랐다.

"아바마마."

국왕의 손을 들어 놀란 세자를 다독였다.

"끝까지 말을 들어 보도록 해라."

"……예."

"그렇게 보위를 넘겨주고는 화성으로 내려가려 했다. 그래서 아바마마의 신원 회복과 추증을 포함한 본격적인 개혁 정치를 하려 했다. 너도 알겠지만 한양은 노론의 세상이다. 이런 한양에서 개혁을 한다는 건 기득권 세력의 반발로 불가능하다고 생각했었다. 그래서 화성을 집중적으로 육성해 자급자족이 가능한 도시로 만들려고 했다. 그런 계획을 갖고 장용외영도 화성에 주둔시켰었다."

여기까지 말을 한 국왕이 세자를 바라봤다.

"그런데 이런 구상을 실현할 필요가 없어졌다. 과인이 생각을 바꾸게 된 이유는 말 안 해도 알고 있겠지?"

"소자 때문이군요."

"그렇다. 네가 시작한 대외 교역과 개혁 정책들로 인해 세대교체가 급격히 일어났다. 상업을 중시하게 되면서 저절로 각 정파의 신진들이 대거 등용되었다. 덕분에 조정을 장악하고 있던 경화사족들의 힘도 그만큼 줄어들게 되었지. 그리고 무엇보다 군권을 확실하게 장악하게 되었다."

세자도 인정했다.

"소자도 그 점을 모르지 않사옵니다. 하오나 무서운 건 숨겨진 칼이어서 걱정이옵니다."

즉위를 전후해 수많은 암살 위협에 시달렸던 국왕이었다. 그래서 숨겨진 칼이라는 지적에 국왕의 몸이 절로 움찔했다.

그런 국왕이 핵심을 짚었다.

"세자는 대궐 안의 일을 걱정하는 거냐?"

국왕이 지적한 대궐 안의 일이란 왕대비에 관해서였다.

노골적인 지적에 세자가 잠시 말을 못 했다.

그러나 세자는 거기에 대해서도 나름대로 충실히 준비해두고 있었다.

그러나 말은 적당히 돌렸다.

"……이런 때일수록 모든 상황을 고려하지 않을 수 없사옵니다."

국왕이 한숨을 쉬며 고래를 저었다.

"후! 그래야겠지. 허나 그분은 이전과는 많이 달라지셨으니 너무 걱정하지 않아도 된다."

세자도 그 점은 잘 알고 있었다.

"아바마마의 말씀이 맞사옵니다. 그러나 만일에 대비해 여러 조치를 취하지 않을 수 없사옵니다."

"그 부분은 네가 알아서 하도록 해라."

"황감하옵니다. 아바마마께 누가 되지 않도록 조심하겠사옵니다."

"그렇게 하라."

인사를 마친 세자가 인사를 하고는 돌아왔다. 돌아오면서 지시했다.

"좌익위께서는 지금 즉시 여의도 여단장을 익위사로 오라 하세요."

"예, 저하."

이원수가 서둘러 움직였다.

얼마 후, 백동수와 세자가 마주 앉았다.

"오늘 연석에서 아바마마께서 청천벽력이나 다름없는 선언을 하셨어요."

이어서 국왕이 천명한 내용을 설명했다. 놀랍게도 백동수의 표정은 전혀 변하지 않았다.

"백 여단장께서는 놀라지도 않으시네요."

"언젠가는 일어나야 할 일이었습니다. 단지 생각보다 빠른 것이 아쉽기는 합니다."

"저도 그래요. 하지만 어쩌겠어요. 아바마마께서 선포를 하셨으니 우리는 거기에 맞출 수밖에요."

백동수가 적극 동조했다.

"맞는 말씀이옵니다. 전하께서 결정하셨으니 저희는 당연히 거기에 따르면 되옵니다."

이원수도 동조했다.

"백 여단장님의 말씀이 맞습니다. 이제는 결과에 신경을 써야 할 때이옵니다."

세자가 눈을 빛냈다.

동상이몽

"지금부터 비상 체제로 들어갑니다. 우선 여의도여단은 대대 병력을 경희궁 옆에 있는 용호영(龍虎營) 병영으로 이동시키세요."

백동수의 눈이 커졌다.

"병력을 드러내 놓고 이동시키면 문제가 되지 않겠사옵니까? 지금 도성에는 금군 병력도 삼천여 명이나 됩니다."

세자의 표정이 단호해졌다.

"그래도 부족합니다. 금군은 삼교대 병력입니다. 그래서 유사시 실제로 동원 가능한 숫자는 천여 명에 불과합니다."

"그렇기는 하옵니다만, 공연한 경각심을 심어 주게 될 수도 있지 않겠습니까?"

"그러라고 병력을 이동시키는 겁니다. 아바마마께서 내리신 결단이 결코 빈말이 아니라는 걸 보여 주기 위해서라도 장용영의 도성 입성은 반드시 필요합니다."

백동수가 그제야 말을 알아들었다.

"무슨 말씀인지 알겠습니다. 그런데 우리만 병력을 이동하면 훈국의 서 대장께서 섭섭하게 생각하지 않겠사옵니까?"

"그 부문은 걱정하지 마세요."

세자가 김 내관을 불렀다.

"김 내관은 지금 즉시 사람을 보내, 훈국의 서 대장과 장용영의 김 단장을 들어오시라 하라."

"예, 저하."

김 내관이 나가자 세자가 목소리를 낮췄다.

"그리고 익위사와 장용영의 비선 조직을 최대한 가동하세요."

이원수가 주저 없이 대답했다.

"조정 중신과 권문 세가의 움직임을 감시하면 되겠사옵니까?"

"그래요. 익위사는 조정 중신, 장용영은 경화사족들의 움직임을 철저히 감시하세요."

두 사람이 동시에 대답했다.

"명심하겠습니다."

"비선 조직은 지금 당장, 여의도사단은 내일 미명과 동시에 이동하세요."

"예, 저하."

지시를 받은 두 사람은 그 즉시 움직였다.

두 사람이 나가고 나서야 세자는 아쉬움을 토로했다.

"아아! 역사의 흐름은 쉽게 바뀌지 않는구나. 지난 몇 년간 엄청난 변화가 있었음에도, 오회연교가 이전과 똑같은 시기에 다시 나왔어."

세자는 고심했다. 그러나 자신이 만든 판이 아니어서 손을 쓸 방법이 쉽게 떠오르지 않았다.

"후! 뭐를 어떻게 해야 할지 모르겠구나. 현실 정치에 참여한 적이 없어서, 여기 와서 처음으로 무력하다는 생각까지 드는구나."

생각할수록 아쉬웠다.

그동안 어려운 문제를 차곡차곡 풀어 왔었다. 덕분에 백성들의 신뢰를 한 몸에 받게 되었다.

그러나 세자의 신분이어서 현실 정치와는 거리를 유지할 수밖에 없었다. 그 바람에 이번 일에서만큼은 쉽게 역할을 찾아내기 어려웠다.

할 수 있는 일은 국왕의 안전과 만약의 사태에 대한 대비가 고작이었다.

장용영의 병력 이동은 삽시간에 소문이 돌며 한양이 술렁였다.

물론 세자가 국왕의 윤허를 받아 지시했다고 한다. 그래도 도성으로 병력을 이동하는 일은 이례적이어서 여러 말이 무성했다.

❀

이날 저녁.

북촌 김조순의 집에는 안동 김씨 십여 명이 모였다. 당면 현안을 논의하기 위해서였다.

김조순이 먼저 크게 아쉬워했다.

"숙부님, 대체 왜 이러한 일을 벌이셨습니까? 다른 사람도 아니고 이만수 대감입니다. 바로 우리처럼 초계문신을 거친 주상 전하의 최측근이에요. 그런 분을 대놓고 저격을 하시면 어쩝니까."

김이재의 안색이 붉으락푸르락했다.

두 사람은 집안의 항렬로는 숙질이지만 나이가 비슷했다. 그래서 항렬을 떠나 가까웠는데, 그런 조카에게 추궁에 가까운 말을 들었다.

이뿐이 아니었다. 김이교(金履喬)도 친동생인 김이재를 강하게 질책했다.

"좌부승지의 말이 맞다. 너는 어찌하여 이 대감의 사직 상소를 비판한 것이더냐. 비판을 할 거였다면 이조판서의 관직을 제수할 때 했어야지."

김이재가 머리를 숙였다.

"송구합니다. 저는 단지 우리 집안을 위한다는 생각에 이의를 제기했을 뿐입니다."

김이교가 크게 화를 냈다.

"지금 무슨 말을 하고 있어! 우리 집안과 이 대감의 진퇴가 무슨 관련이 있다고 그런 말을 하는 거냐?"

김이재도 강력히 항변했다.

"직접적인 관련은 없사옵니다. 그러나 생각해 보십시오. 우리 가문에 인재가 얼마나 많습니까? 헌데도 정승과 총재(冢宰)를 겸직한 경우는 지금까지 한 번도 없었사옵니다. 따지고 보면 이도 차별이 아닙니까? 그런데도 제가 그냥 참고 있어야 한다는 겁니까?"

총재란 이조판서를 다르게 부르는 명칭이다.

김이교가 어이없는 표정으로 거듭 질책했다.

"그렇다면 처음부터 반대 상소를 했어야지."

"그건 이유가 있어서 그렇사옵니다."

이때 김이익이 나섰다.

"이재 아우가 나선 건 내가 권해서였네."

김이교가 깜짝 놀랐다.

"형님께서 권하셨다니요? 아니, 왜 이런 일을 하신 겁니까? 문제가 된다는 건 삼척동자라도 알았을 일인데요."

김이익이 굳은 표정으로 설명했다.

"내가 왜 문제가 될 걸 모르겠나. 허나 그렇게 할 수밖에 없었네."

목이 탔는지 그가 술잔을 비웠다.

"험! 나는 우리 가문이 조선 제일이 되기를 바라는 사람이
네. 그 일환으로 우리 가문의 여식이 중전이 되길 학수고대하
고 있지. 그런 나의 바람이 통했는지 주상께서 좌부승지를 가
까이하고 있다는 말을 들었을 때는 얼마나 기뻤는지 모르네."

김이익이 술잔을 거듭 비웠다.

탁!

"그런데 시간이 지나도 가타부타 들려오는 소식이 없었
어. 이전에는 주상께서 좌부승지를 자주 불러 밀담도 나누셨
는데 말이야."

모두가 고개를 끄덕였다.

"주상께서 그리하셨던 건 좌부승지 개인의 능력도 뛰어났
음이 커. 그러나 우리 가문의 위상도 큰 역할을 했음은 주지
의 사실이다."

김조순도 이 점은 인정했다.

"숙부님의 말씀이 맞습니다. 주상 전하께서는 유약하신
세자 저하를 잘 보필해 줄 외척으로 우리 가문을 염두에 두
셨을 겁니다."

김이익의 말이 이어졌다.

"그랬을 거네. 그런데 요즘 자네와 주상께서 마주했다는
말을 들어본 적이 없어. 이게 무엇을 의미하겠나."

방 안의 분위기가 무거워졌다.

  "더구나 얼마 전에는 상참에서 세자 저하의 혼례가 거론되었네. 그런데 전하께서는 아직 때가 아니라며 일언지하에 거부하셨어."

  김조순이 착잡한 표정을 지었다.

  그도 상참의 일을 알고는 크게 실망했었다. 그렇다고 국왕이 세자빈으로 딸을 확실히 지목하지도 않은 터여서 하소연할 수도 없었다.

  "그래서 가만히 있을 수가 없었네. 우리 가문이 어떤 가문인가? 조선 최고의 충절 가문이요, 수많은 명신 거유를 배출한 우리네. 그런 우리 가문도 받아 보지 못한 광영을 우상 대감 형제가 받는 것을 보고는 분통이 터졌어. 허나 그렇다고 해서 곧바로 이의를 제기할 수는 없었네."

  질책하던 김이교도 어느덧 동조했다.

  "쉽지 않은 일입니다. 주상 전하의 권위가 과거와는 천양지차니까요."

  김이재도 가세했다.

  "형님 말씀대로입니다. 과거였다면 귀양을 각오하고 간언을 했을 겁니다. 잠시 고생하면 되었으니까요. 그러다 돌아오면 동료들이 승진에도 도움을 줄 것이고요. 그러나 이제는 아닙니다. 파직을 당하면 복직도 쉽지 않습니다. 하물며 귀양은 더 말해 무엇하겠습니까? 그래서 솔직히 바로 직소하지 못했었습니다."

"그래서 이만수 대감이 사직 상소를 거듭해서 올리는 것을 빌미로 삼았다는 말이냐?"

김이익이 나섰다.

"그렇다네. 사직 상소를 거듭해서 올리는 것도 따지고 보면 큰 불충 아닌가. 그런 행위 자체가 국왕의 권위를 무시하는 일이야. 그래서 이재 아우를 보고 그 점을 걸고넘어지라고 했던 걸세. 그런데 주상께서 거꾸로 그걸 빌미로 삼아 버렸어."

김이재가 씁쓸한 표정을 지었다.

"그 바람에 모든 원성을 우리가 받게 되었어요."

김조순이 한숨을 내쉬었다.

"후! 일은 이미 벌어졌습니다. 문제는 주상 전하께서 이번에 내리신 전교입니다. 앞으로 주상 전하께서 주창하신 대의리를 쫓지 않는 자는 용서하지 않겠다고 공표하셨습니다. 그렇게 된 빌미를 우리가 제공하게 된 꼴이 되었으니, 다른 가문들이 우리 가문을 그대로 두고 볼지 걱정입니다."

곳곳에서 한숨이 터졌다.

이때, 의외의 목소리가 나왔다.

나선 사람은 한성판윤 김문순(金文淳)이었다. 그는 같은 항렬보다 이십여 세 많은 50대 중반이었다.

"상황을 너무 비관적으로만 볼 필요는 없습니다. 주상 전하의 이번 전교가 우리 가문에게 어쩌면 전화위복의 기회가 될 수 있습니다."

모두의 시선이 급격히 쏠렸다. 그런 시선을 받으면서도 김 문순이 침착하게 설명했다.

"우리 가문은 노론 최고의 명문입니다. 거기다 달순(達淳) 형님을 제외하면 전부가 시파이고요. 그뿐이 아니라 조정에 출사한 인사만 해도 수십여 명에 이릅니다. 이런 가문을 주 상께서 어떻게 내칠 수 있겠습니까?"

김문순이 자기보다 어린 김이재를 바라봤다.

"이재 숙부께서 주상 전하의 심기를 크게 어지럽힌 건 맞 습니다. 그러나 달리 생각하면, 그로 인해 주상 전하께서 오 회연교를 선포하게 되었습니다. 그렇게 된 상황이 주상 전하 께 꼭 나쁘다고 볼 수는 없는 일이지요."

김이교가 자신의 허벅지를 쳤다.

"맞아! 달리 생각하면 이재 아우의 상소로 인해 주상께 더 없는 힘을 실어 주게 된 격이 되었어."

김문순이 적극 동조했다.

"그렇습니다. 그래서 이 문제를 주상 전하의 입장에서 살 펴볼 필요가 있습니다."

이 말에 모두의 눈이 빛났다.

"주상께서는 왕권 강화를 위해 와신상담해 오셨다는 걸 우 리는 잘 압니다. 그런데 몇 년 전까지는 힘이 없었습니다. 그 런데 지금은 어떻습니까?"

누군가가 대답했다.

"실로 막강해졌지요. 상무사의 활동으로 재정은 더없이 튼튼해졌고, 중앙 군영이 전부 친위 군영으로 변모했습니다. 병력도 엄청나게 증대되었고요."

"그렇습니다. 그래서 주상께서는 이번과 같은 전교를 내리려고 때를 보고 계셨을 겁니다."

모두의 고개가 조금씩 끄덕여졌다.

"그런 단초를 우리가 제공한 겁니다. 그러니 상황을 너무 어둡게만 볼 필요가 없어요. 아쉽지만 이재 숙부께서 책임을 지고 먼저 사직하는 모양새를 취해 주세요. 그래야 우리 가문이 주상 전하의 분노를 피해 갈 수 있습니다."

김이재의 얼굴이 와락 붉어졌다.

그 모습을 본 김이익이 고개를 저으며 나섰다.

"사퇴를 하려면 나까지 해야 하네. 주상 전하께서도 내가 이재 아우를 사주했다는 사실을 알고 계시는 거 같았어."

김문순이 냉정하게 정리했다.

"그러면 두 분 숙부님께서 먼저 나서서 용퇴를 하세요. 그러고 나서 정국이 안정되고 적당한 시기가 되면 복직을 주청 드리겠습니다."

김이재가 불안감을 감추지 못했다.

"세상이 변해 한 번 관직에서 물러나면 복직하는 게 어려워졌네. 그런데 죄를 짓고 사퇴한 우리가 다시 복귀할 수 있겠나?"

김문순이 다독였다.

"크게 걱정하지 않아도 됩니다. 물론 이전처럼 바로 복직하지는 못할 겁니다. 그러나 지금의 정국에서 주상께서는 우리 가문과 손을 잡을 수밖에 없습니다. 그러니 몇 년 쉰다 생각하시고 마음 편히 계세요. 그러면 반드시 우리가 나서서 숙부님의 복직을 성공시키겠습니다."

김이재도 나름대로 인물이었다. 그래서 승진도 빨랐으며, 특진으로 당상관이 될 정도였다.

그랬기에 김문근의 논리 정연한 설명을 잘 알아들었다. 그럼에도 쉽게 동의하지 못한 것은 누구보다 권력욕이 강해서였다.

그런 그가 결국 머리를 숙였다.

"……그렇게 하겠네."

김이익도 동조했다.

"나도 이재 아우와 같이 내일 당장 사직 상소를 올리겠네. 그리고 산천 유람이나 하며 몇 년 푹 쉴 터이니, 부디 잊지는 말아 주시게."

김문순이 펄쩍 뛰었다.

"숙부님을 잊다니요. 우리 가문이 조선 최고가 되는 걸 누구보다 바라는 숙부님을 우리가 어찌 잊을 수가 있겠사옵니까?"

김이익이 너털웃음을 터트렸다.

"하하하! 그러면 되었네. 자! 그러면 지금부터 향후 정국에서 우리 가문이 어떻게 해야 하는지를 본격적으로 논의해 보세."

이 말에 모두의 눈이 빛났다. 그런 사람 중 김조순의 눈이 유난히 더 빛이 났다.

✤

다음 날 새벽.

파루(罷漏)가 되니 종각의 종이 서른세 번 울리면서 도성의 성문이 열렸다. 그렇게 열린 성문으로 장용영 병력이 절도 있게 입성했다.

척! 척! 척! 척!

입성한 장용영 대대 병력은 오와 열을 맞춰 도성을 가로질 렀다. 그러고는 육조 거리로 행진했다.

조선의 아침은 일찍 시작된다.

조정 관리들이 이른 아침 등청하면서 육조 거리는 새벽부 터 북적인다. 이런 육조 거리를 가로지른 장용영 병력은 광 화문 앞에서 경희궁 방면으로 대열을 틀었다.

병력을 지휘하고 있던 백동수가 어느 순간 손을 들었다.

그것을 본 대대장이 소리쳤다.

"부대, 제자리~ 서!"

구호와 함께 올라간 깃발에 병력은 행진을 멈추고 제자리 걸음을 하며 발을 맞췄다. 그러다 깃발이 내려감과 동시에 정확히 발을 멈췄다.

백성들이 탄성을 터트렸다. 장용영 병력이 입성하는 순간부터 백성들이 몰려들고 있었다.

"우와! 대단하다."

"정말이네. 이야! 장용영이 조선 제일이라고 하더니 대단하다."

"무슨 소리야? 훈국 병력도 장용영 못지않아."

"어쨌든! 저런 병력이 우리를 지키고 있으니 든든하잖아."

"그 말은 맞아. 장용영 덕분에 나라가 편안하지."

이런 칭찬에 병사들의 어깨가 절로 올라갔다. 그러면서 혹시 책을 잡힐지 모른다는 생각에 더 몸을 꼿꼿이 세웠다.

말을 타고 있던 백동수가 병사들을 둘러봤다. 그런 그의 입가에는 미소가 지어졌다.

"대대장!"

"예, 여단장님."

"지금부터 별도의 명령이 떨어질 때까지 귀관의 대대는 용호영에서 비상 대기한다. 용호영 병영은 구식이어서 우리 군영보다 못하다. 허나 주상 전하를 보위하기 위해 입성한 만큼 철저하게 군율을 지키기 바란다."

"명심하겠습니다!"

"그러면 중대별로 질서 있게 이동하라."

"예, 알겠습니다."

대대장이 급히 중대장들을 호출했다. 그렇게 명령을 받은 중대장들이 자신의 중대로 돌아갔다.

"중대! 앞으로~가!"

척! 척! 척! 척!

중대장의 지시에 병력이 이동했다. 때를 같이해 닫혀 있던 용호영 병영의 정문이 활짝 열렸다.

이렇듯 절도 있게 움직이는 모습을 본 백성들은 연신 감탄했다. 백동수는 병력 이동을 끝까지 지켜보고는 경희궁으로 말머리를 돌렸다.

❀

이날 오전.

경희궁의 대비전인 장락전(長樂殿)으로 두 사람이 급히 들었다. 이들은 왕대비의 인척들로 김관주(金觀柱), 김용주(金龍柱)였다.

"어서들 오세요."

연장인 김관주가 먼저 나섰다.

"왕대비마마! 어인 일로 소인들을 이리 급히 부르셨사옵니까?"

"요즘 조정 돌아가는 모양이 하도 수상해서요. 그래서 이런저런 것들을 확인하고 싶어서 두 분을 급히 불렀어요."

"그렇지 않아도 소인도 그 일로 마마를 찾아뵈려고 했사옵니다."

"그랬었군요. 주상께서 전교한 일로 시중에 말들이 많지요?"

"많은 정도가 아닙니다. 갑작스러운 전교에 도성이 발칵 뒤집혔습니다. 특히 북촌 일대의 각 가문은 그날 이후 연일 머리를 맞대고 대책을 강구하는 중입니다."

"우리 집안은 어떠한가요?"

김관주가 한숨을 내쉬었다.

"후! 별다른 행동을 하지 않고 있사옵니다. 월성위 집안과 가는 길이 다르다 보니, 힘이 분산되어 다른 가문에서도 찾지도 않고요."

왕대비가 아쉬워했다.

"아쉽네요. 월성위 집안만 우리와 뜻을 같이한다면 천군 만마인데 말입니다. 아무래도 귀주 오라버니께서 돌아가신 게 결정적이네요. 그 바람에 관주 오라버니도 오랫동안 제대로 대우도 못 받고 계시잖아요."

김관주가 헛웃음을 지었다.

"허허허! 어쩌겠습니까? 주상께서 우리 집안을 아예 멀리 하시는데요."

왕대비가 왕비로 책봉되던 때에는 시파와 벽파의 구분이 없었다. 당시는 선왕의 재위가 30여 년을 훌쩍 넘기면서 정국이 안정되어 있던 시기다.

선왕은 각 당파의 온건하고 타협적인 인물을 중용해 왕권을 강화해 왔다. 이러한 완론탕평(緩論蕩平)은 전대의 급격한 '환국'이 많은 부작용을 낳은 데 대한 반성의 결과였다.

그러나 사도세자 문제로 인해 급격한 부침을 겪게 된다. 선왕과 세자를 지지하는 세력이 노론과 소론으로 완연히 달랐다.

여기에 선왕에 대한 불안과 공포로 사도세자는 마음의 병까지 얻게 된다. 이런저런 이유로 선왕과 세자의 관계는 극단으로 치달았다.

김귀주로 대표되는 경주 김씨는 이런 정국 소용돌이의 한 중간에 있었다. 그래서 사도세자도 탄핵하고, 다른 외척인 풍산 홍문과도 각을 세웠다.

그러다 국왕이 즉위하면서 사정은 완전히 달라진다.

국왕은 자신의 즉위를 반대하던 척신 일파를 모조리 숙청했다. 홍인한과 정후겸의 반대편에 서 있던 김귀주도 이 숙청에 적극 동참했다.

그러나 거기까지가 그의 한계였다.

국왕은 두 사람을 처분하자마자, 김귀주도 적당한 핑계로 흑산도로 귀양 보냈다. 자신을 끝까지 지지한 홍인한을 탄핵했다는 이유에서였다.

그렇게 귀양한 김귀주는 끝내 복직을 못 하고 죽게 된다. 홍봉한을 탄핵해 먼저 갑산에 유배되었던 김관주도 오랫동안 복직을 못 했다.

그러다 몇 년 전, 겨우 용궁현감에 임명된 게 고작이었다.

같은 6품이지만 30여 년 전 홍문관 수찬이었던 김관주로서는 굴욕적인 등용이었다.

왕대비가 주먹을 움켜쥐었다.

"조금만 기다리세요. 분명 지난날을 웃으며 말할 수 있는 날이 찾아올 겁니다."

"그랬으면 좋겠습니다. 솔직히 요즘은 살아도 사는 게 아니옵니다."

왕대비가 그의 하소연을 안타까워했다.

"어쩌겠습니까? 우리 가문에 드리워진 암운이 아직도 벗겨지지 않은 것을요."

"이런 때 귀주 형님이라도 계셨으면 얼마나 좋았겠습니까?"

왕대비도 울컥한 표정을 지었다.

"그러게 말이에요. 그러나 이미 지난 일, 이제부터는 관주 오라버니께서 가문을 이끌어 주셔야 합니다."

김관주가 다짐했다.

"성려하지 마십시오. 어떠한 일이 있더라도 반드시 가문을 다시 번성시키겠습니다."

왕대비가 김용주에게도 당부했다.

"용주 아우도 오라버니의 말씀을 잘 따르도록 해라."

"성려 마십시오, 마마. 어떤 일이 있더라도 형님을 모시고 가문을 바로 세우겠습니다."

왕대비의 목소리를 높였다.

"고맙구나. 주상께서 갑작스럽게 전교해서 많이 혼란스러울 거요. 하지만 위기는 곧 기회라고 했어요. 이번의 위기를 잘만 활용한다면 분명 좋은 일이 생길 거예요."

김관주의 안색이 흐려졌다.

"주상 전하께서 대놓고 자신을 따르라고 했사옵니다. 그렇지 않으면 같이 갈 수 없다고 천명하셨고요. 그런데 우리는 지금까지 벽파로 반대편에 서 있었습니다. 그런 우리에게 좋은 일이 생기겠사옵니까?"

"비록 귀주 오라버니가 객사했지만, 주상과 나는 크게 맞서오지 않았어요. 주상께서도 나에게는 항상 공경하고 있지요. 이는 세자도 마찬가지고요."

왕대비의 목소리가 낮아졌다.

"이런 내가 주상의 주장에 힘을 실어 드린다면, 분명 여느 가문과는 다른 대우를 해 줄 겁니다. 그리고 이제는 우리 가문도 주상이 지향하는 바를 따를 때가 되었고요."

김용주가 깜짝 놀라 반문했다.

"마마! 그게 무슨 말씀이옵니까? 우리 가문도 시파처럼 주상 전하의 정책에 동조해야 한단 말씀이옵니까?"

놀랍게도 왕대비가 동의했다.

"그렇다. 지금은 격변의 시대이니만큼, 우리 가문도 변할 때가 되었다. 그리고 국왕의 뜻을 따르는 일인데 못할 것도 없지 않느냐?"

김용주가 거듭 반대했다.

"마마! 선조들이 지금까지 지켜 온 가문의 근간을 어떻게 쉽게 바꿀 수 있단 말씀입니까? 설령 바꾸려 한다 해도 쉬운 일이 아닙니다."

왕대비가 고개를 저었다.

"어렵더라도 바꿔야 한다. 그렇지 않다면 우리 가문은 스러질 수밖에 없어."

김관주도 비관적인 의견을 냈다.

"마마께서 우려하시는 바를 모르지 않사옵니다. 허나 지금까지 지켜 온 가문의 기조를 바꾸는 일은 정말 어렵습니다. 솔직히 저조차도 엄두가 나지 않습니다."

"오라버니. 어렵더라도 바꿔야 합니다. 그래야 우리 가문이 살아날 수 있어요."

"……성심을 다해 보겠습니다. 허나 바뀔 수 있다는 장담은 솔직히 드리지 못하겠사옵니다."

왕대비도 한숨을 내쉬었다.

"후! 그러겠지요. 그러나 오라버니, 지금의 국왕과 세자의 관계를 생각해 보세요. 우리 조선에서 지금의 국왕 부자 같은 경우는 단 한 번도 없었어요. 아니, 반목하는 경우가 대부분이었지요. 가깝게는 선왕과 사도세자가 그랬고, 조금 멀게는 인조 대왕과 소현세자가 그랬습니다. 왜 그랬을까요?"

"권력은 부자도 나누지 못한다는 말씀을 하시려는 것이옵니까?"

"그래요. 그런데 지금은 어떤가요? 세자가 대외 교역을 건의하니 국왕이 전폭적으로 뒤를 받쳐 주었어요. 그리고 이번에는 국왕이 결심하니 세자가 적극 나섰어요. 그 결과 장용영 병력이 도성에 들어왔습니다. 이게 무엇을 의미하겠어요?"

김관주가 다시 대답했다.

"국왕 부자 관계가 권력을 나눌 정도로 가깝다는 말씀이옵니까?"

"그래요. 이런 부자 관계는 일찍이 없었어요. 그러니 우리도 바뀌어야 합니다. 그렇지 않고 이전처럼 행동한다면 머잖아 모조리 찍혀 나갈 겁니다. 그래서 내가 이렇게 당부를 드리는 겁니다."

김관주의 표정이 더없이 무거워졌다.

"무슨 말씀인지 잘 알겠사옵니다. 돌아가서 가문의 형제들과 깊게 숙의해 보겠습니다."

김관주는 끝내 확답을 주지 못했다. 그렇다 보니 돌아가는 그의 얼굴은 더없이 어두웠다.

❁

이런 움직임은 바로 세자에게 보고되었다.

"흐음! 왕대비마마의 친족 두 사람이 급히 다녀갔단 말이지?"

김 내관이 몸을 숙였다.

"왕대비전의 김 상궁에 따르면, 들어올 때보다 나갈 때의 안색이 좋지 않았다고 하옵니다."

"들어왔던 사람이 김관주와 김용주라고?"

"그러하옵니다."

"무슨 말을 주고받았을까?"

"아무래도 주상 전하께서 하교하신 문제를 숙의하러 들어오지 않았겠습니까?"

"나도 그렇다는 생각은 들어. 그런데 무슨 말을 주고받았는지가 너무도 궁금해지네."

"좌익위께서 두 사람의 가문을 감시하고 있습니다. 특별한 움직임이 있으면 따로 보고가 들어올 것입니다."

세자가 고개를 끄덕였다.

"그렇겠지. 혹시 모르니 좌익위에게 왕대비마마의 가문을 좀 더 철저히 감시하라고 해 줘."

"예, 저하."

대궐에는 많은 사람이 생활한다. 그런 대궐에서는 온갖 음모와 권모술수가 난무한다.

이런 대궐을 왕대비가 장악하고 있었다. 왕대비의 권력욕은 대단했으며, 또한 권력을 능수능란하게 다룰 줄도 알았다.

그런 그녀는 계비로 책봉되어서는 가장 먼저 대궐부터 장악했다. 그녀가 쉽게 대궐을 장악할 수 있었던 데에는 당시 상황이 결정적이었다.

선왕과 왕비의 관계는 최악이었다.

선왕은 정성왕후를 창덕궁으로 보내고는 자신은 경희궁에 거처하며 거의 찾지 않았다. 그 바람에 왕비가 있어도 없는 거나 마찬가지였다.

더구나 사도세자의 관계도 최악이었다.

그래서 세자빈인 혜경궁 홍씨도 제대로 힘을 쓰지 못했다. 이렇다 보니 그녀는 손쉽게 대궐을 장악할 수 있었다.

대궐을 장악한 그녀는 이를 철저하게 권력으로 활용했다. 덕분에 대궐에서는 누구보다 강력한 힘을 휘둘러 왔다.

이러던 사정이 바뀌었다.

세자는 현실 정치에 참여할 수 없었다. 그 대신 지난 5년 간 대궐 내부를 은밀히 자정해 왔다.

세자가 대궐 내부를 정리하게 된 건 이유가 있었다. 세자는 전생에서 본 현 국왕의 급서에 큰 의구심을 갖고 있었다.

그래서 대궐 내부와 함께 내의원도 철저하게 장악하려 했다. 이런 세자의 움직임을 국왕과 왕비는 은근히 도와주었다.

이런 지원 덕분에 세자는 왕대비전의 일부 상궁을 제외한 대부분을 장악하게 되었다. 그 결과, 국왕이 오회연교를 반포했음에도 대궐에서는 조금의 동요도 일어나지 않았다.

그러나 대궐 밖은 달랐다.

오회연교가 반포된 날부터 한양 일대가 분주해졌다. 특히

개혁군주

경화사족들은 가문별로 모여 중지를 모으느라 연일 곳곳이
북적였다.

❀

  그렇게 10여 일이 흘렀다.
  오회연교는 대부분의 조정 중신들로부터 은근한 비판과
외면을 받았다. 단지 예조참판 이서구만이 오회연교를 칭송
했을 정도였다.
  반대 여론이 절대적이었다.
  반대 주장이 나올 때마다 국왕은 격노했다. 아쉽게도 아직
까지 조정은 국왕의 대의리를 따를 준비가 되어 있지 않았다.
  정국은 급속히 냉각되어 갔다.
  세자는 할 수 있는 모든 인원을 풀어 여론을 수집했다. 그
렇게 파악한 여론에 세자는 놀랐다.
  "이게 어떻게 된 일이지요? 대부분의 시파 가문이 아바마
마의 주장에 동조하다니요. 그뿐이 아니라 벽파 일부 가문도
동조했다고요? 그럼에도 조정의 분위기가 왜 이렇게 나쁜
거예요? 혹시 잘못 파악한 거 아닌가요?"
  이원수가 몸을 숙였다.
  "아닙니다. 저희가 파악한 바로는 분명히 대부분의 중신
이 지지하는 건 맞습니다."

"그런데 왜 조정의 반응은 이래요? 아바마마께서 전교를 내린 지 벌써 보름이 되어 가고 있는데도 겨우 예조참판만이 동조하고 있잖아요."

박종보가 상황을 설명했다.

"전하의 위세에 눌려서 그렇습니다. 그렇지 않았다면 벌써 동조 상소를 올렸을 겁니다."

세자는 어이가 없었다.

"아니, 아바마마의 위세에 눌리다니요? 아바마마의 성정이 급하다는 건 어제오늘의 일이 아닌데, 그게 무슨 문제가 된다는 거예요?"

"전하의 성정이 문제가 아니옵니다. 전하께서 너무 강력하게 대의리를 주창하셨습니다. 그로 인해 시파조차도 몸을 사리게 되었고요."

"오회연교가 너무 급격했단 말이군요."

"그러하옵니다. 그런 큰일은 여론을 모으기 위해서라도 주변부터 챙기셨어야 합니다. 물론 그렇게 하지 않았다고 해서 전하를 지지하는 시파들이 변심한 것은 아닙니다. 단지 확실한 명분이나 전기가 있어야만 머리를 숙일 것입니다."

세자는 입맛이 썼다.

"그냥 머리를 숙이지는 않겠다는 말이군요."

"그러하옵니다. 아무리 시파라고 해도 항복하듯, 쫓기듯 머리를 조아릴 수는 없는 일입니다."

"후! 그놈의 명분이 뭔지……."

세자가 고개를 저을 때였다.

갑자기 바깥이 시끄러워지더니 김 내관이 뛰어들었다.

"저하! 큰일 났사옵니다. 전하께서 갑자기 쓰러지셨다고 하옵니다!"

세자가 놀라 자리에서 벌떡 일어났다.

다음 권으로 이어집니다

꿈의 도약, 로크에서 하십시오
(주)로크미디어에서 신인 작가를 모십니다

즐거운 세상, 로크미디어는 꿈을 사랑하고 도전을 두려워하지 않는 작가 분들의 참신한 작품을 기다리고 있습니다. 21세기 장르 문학계를 이끌어 갈 차세대 선두 주자 (주)로크미디어에서 여러분의 나래를 활짝 펴 보시길 바랍니다.

모집 분야 판타지와 무협을 포함한 장르 문학
모집 대상 아마추어 작가, 인터넷 작가
모집 기한 수시 모집

작품 접수 시 유의 사항
1. 파일명은 작가명_작품명.hwp형식을 갖춰 주십시오.
1. 파일에 들어갈 내용은 다음과 같습니다.
   − 성명(필명인 경우 실명을 밝혀 주세요), 연락처, 이메일 주소
   − 제목, 기획 의도
   − A4용지 1장 분량의 등장인물 소개
   − A4용지 2장 분량의 전체 줄거리
   − 본문
1. 작품이 인터넷에 연재되고 있다면, 게시판명과 사이트의 구체적이고 정확한 주소를 기재해 주십시오.

선택된 작품은 정식 계약 후 출판물로 간행되어 전국 서점에 유통됩니다.
작가 분은 (주)로크미디어의 전폭적인 지원하에 전속 작가로 활동하시게 됩니다.
※ 자세한 내용은 로크미디어 홈페이지(rokmedia.com)를 참조하세요.

(03920)서울시 마포구 성암로 330 DMC첨단산업센터 3층 318호
(주)로크미디어 편집부 신간 기획 담당자 앞
전화 : 02) 3273-5135
www.rokmedia.com   이메일 : rokmedia@empas.com

만렙닥터 리턴즈

13월생 현대 판타지 장편소설

인생 2회 차 경력직 신입
칼솜씨도, 인성도 '만렙'인 의사가 돌아왔다!

만성 인력난에 시달리는 흉부외과에 들어온 인턴
메스도 잡아 본 적 없는 주제에
죽을 생명을 여럿 살려 내기 시작한다?

"이 새끼, 꼴통 맞네."
"죄송합니다."
"잘했어!"
"네?"

출세만을 좇으며 살았던 전생
이렇게 된 이상 인생도 재수술 한번 가자!

무데뽀(?) 정신으로 무장한 회귀 의사
이제부터 모든 상황은 내가 집도한다!

ROK
MEDIA
로크미디어

魔帝南宮 남궁마제

문운도 신무협 장편소설

회귀한 뇌왕, 가족을 지키기 위해 정파의 중심에서 제대로 흑화하다!

세상을 뒤집으려는 귀천성에 맞서 싸우다
가족을 모두 잃고 제물로 바쳐진 뇌왕 남궁진화
마지막 순간 원수의 뒤통수를 치고 죽으려 했으나
제물을 바치는 진법이 뒤틀리며 과거로 회귀하다!?

남궁세가의 양자가 된 어린 시절로 돌아온 후
귀천성이 노리는 자신의 체질을 연구하다 기연을 얻고
회귀 전과 다른 엄청난 미모와 함께
뇌전의 비밀마저 알아내 경지를 뛰어넘는데……

가족들에게는 꽃처럼 사랑스러운 막내지만
적이라면 일단 패고 보는 패악질의 끝판왕!
귀천성 패러잡기에 나서다!